L'avenir

DU MÊME AUTEUR

Si loin, si près
Le petit pavé, 2011

Visages entre les lignes
Kirographaires, 2011

Rester vivante
Actes Sud Junior, 2007 et réédition 2010

Ce crime
Éditions Balivernes, 2010

Fragments de bleu
Oslo, 2008

Le problème avec les maths
Le Rouergue, 2001 et réédition Actes Sud Babel, 2007

Silences
Les découvertes de la Luciole, 2007

Le monde n'est jamais fini
La Renarde Rouge, 2005

C'est maintenant ou jamais
La Martinière, 2003

Rencontres
Soc et Foc, 2003

Touché
L'Amourier, 2001

Des étoiles sur les genoux
Prix de Poésie Jeunesse 1999
Le Dé Bleu, 2000

Le voile est très mince qui nous sépare des choses
La Renarde Rouge, 1999

Bibliographie complète : http://catherineleblanc.blogspot.com/

Catherine Leblanc

L'avenir

REMANENCE

À *Dominique, qui voyage avec les mots*

Ah ! Laissez-moi vous rejoindre gazelles
Laissez-moi
Me perdre avec vous dans les sables

Si j'erre si j'ai soif
Je creuserai des puits
Dans le ciel

Anne Perrier
Feu les oiseaux

1

Ma sœur est folle. Elle sort la nuit, à deux heures du matin.
Dès que ma mère dort, elle s'esquive. Depuis longtemps,
elle rejoint des garçons. Ma sœur est folle. Elle ne veut pas
travailler, ni maintenant, ni plus tard. Il n'est pas question
de retourner faire le ménage à la mairie. Encore moins de
reprendre des études. Ma sœur est folle. Son dernier copain a
perdu une main. Il essayait de fabriquer des explosifs. Agnès
le trouve génial.

Ma sœur est brune et moi aussi. Ma mère est châtain clair.
Quand ma sœur demande où est notre père, ma mère ne
sait pas. Personne ne sait. Sur les photos, il était brun, assez
beau et brun. Je me demande comment il était, à part brun,
mais moi, je ne pose pas la question à haute voix. Je la pose
silencieusement, au chat qui dort. Je n'attends pas trop de
réponses, je sais qu'on ne me dira rien, car mon père doit avoir
le chromosome de la folie. Agnès veut le retrouver. Pas moi.
Il est parti quand ma mère m'attendait. Charmant accueil !
Ma sœur avait quatre ans, elle l'adorait. Moi, je ne l'ai jamais

aimé, jamais. Et lui non plus. Ça me fait mal quand j'y pense. Plus tard, je trouverai un homme qui m'aimera toujours.

Ma sœur prépare son sac, en pleine nuit. Elle part. Elle m'abandonne. Quand j'étais petite, elle me berçait. Sa voix se déposait en moi, comme si je ne l'entendais pas seulement avec mes oreilles, mais avec aussi ma peau. *Il y a longtemps que je t'aime, jamais je ne t'oublierai.* Je la croyais. Maintenant, elle m'ignore. Je sens que je ne vais pas tenir, je vais la trahir, appeler maman. Ça ne servira à rien, personne ne peut retenir Agnès. Ma sœur a vingt ans et elle s'en va.

– Ne pars pas !

Je suis moi-même surprise de mon accent de désespoir. Agnès roule ses tee-shirts un à un et les pose dans son sac à dos.

– Je ne vais pas te servir de béquille toute ma vie ! Débrouille-toi ! Intéresse-toi aux garçons, seize ans, c'est l'âge !

– Ne pars pas, s'il te plaît…

Elle ne répond pas. Elle continue à tasser son sac, la flamme sombre de ses cheveux autour de son visage fiévreux. Son étagère est vide. Je reste figée. Elle me lance un tee-shirt.

– Celui-là, je te le donne

– J'en veux pas !

C'est mon préféré. Il est noir avec une petite broderie argentée.

– Tu m'as dit que tu le voulais, tu bavais dessus depuis que je l'ai acheté.

– Tu peux te le garder !

Agnès se radoucit, elle cesse de remplir son sac.

– Non, je te le laisse, tu le mettras plus tard.

Elle pose son pull rouge au-dessus des tee-shirts. Ce n'est pas Vassak qui la fera vivre. Il est apprenti chez un pépiniériste. Ils partent en Arménie, je me demande avec quel argent. Et moi, de quoi vais-je vivre ? De qui ?

– Je vais chercher maman.

– Non !

– Si, j'y vais…

– Tu sais bien qu'elle va hurler et que je partirai quand même. C'est la fatalité.

– Ne pars pas, s'il te plaît, Agnès…

– Ne t'en fais pas, ça va bien se passer.

– Ça m'étonnerait…

– Allez, je t'écrirai !

Elle boucle son sac. Ça me glace d'effroi.

– Comment tu pars, en train ?

– Mais non, je t'en ai déjà parlé, en camion. Vassak l'a acheté d'*occas*. On le revendra là-bas.

– Conduire avec une main en moins, c'est pas prudent.

– T'inquiète, il se débrouille très bien.

– Tu pourrais au moins passer ton permis avant, comme ça, tu pourrais prendre le relais…

On a des dispositions dans la famille pour tenir le volant des poids lourds. Maman conduit des bus.

– J'ai pas le temps !

C'est bien ce qui m'inquiète. Je vais chercher Rose. Maman se lève en catastrophe. Je me sens mieux. Elle a une odeur de nuit, les cheveux en bataille, les yeux qui pèsent des tonnes.

– Qu'est-ce que c'est que cette histoire ?

– Je pars avec en Arménie avec Vassak. Ne panique pas, je donnerai des nouvelles.

– Il n'en est pas question ! Pas question, tu m'entends ! Tu ne bouges pas d'ici !

Les mains sur les hanches, elle se plante devant sa fille qui lace ses chaussures. Agnès se relève brusquement. Elle est plus grande que maman. Elle est habillée et Rose en chemise de nuit, elle est décidée et Rose en pleine surprise. Maman vacille, je recommence à avoir peur. Je m'accroche à ma sœur :

– Reste, je t'en prie !

– Agnès, tu ne vas pas faire ça, crie Rose en l'attrapant par le poignet, je te l'interdis !

– Je suis majeure ! T'as pas l'air de t'en rappeler !

Elle se dégage. En attrapant son sac, elle casse la lampe de chevet. Maman tente de bloquer la porte. Ça va marcher. Agnès la bouscule. Elle passe. Tétanisée, je l'entends dévaler l'escalier. Par la fenêtre, je la vois courir dans la nuit. Maman s'assied sur le lit et pleure. Le bruit de la porte qui claque résonne longtemps dans ma tête. Ma sœur est folle.

2

Je vais au lycée, je rentre à la maison, je tourne en rond, je flotte, je dépéris. Où est Agnès ? Elle qui voyait tout, qui inventait la vie pour moi, n'a aucune idée de ma tristesse. Je ne savais pas à quel point j'avais besoin d'elle. Elle marchait devant, comme une reine. Je tenais sa traîne. Je l'admirais, je l'enviais, je mendiais son attention. Sans elle, je suis perdue. Elle avait une aisance, un charme qui m'impressionnaient. Je cherchais ses regards, ses paroles, ses conseils. Je croyais que je pouvais compter sur elle. Je découvre avec horreur que je ne peux compter sur personne. Même pas sur moi. Je serais capable de tuer quelqu'un. Agnès, par exemple. Une malédiction me poursuit, ma naissance a déjà fait fuir mon père, j'ai dû faire autre chose qui a fait partir ma sœur. Grandir peut-être… Apparaître n'était pas une bonne idée. Disparaître me tente. Ça se fait beaucoup chez nous. Mon père s'est volatilisé, ma sœur aussi. Est-ce qu'un jour, je pourrais garder quelqu'un ?

Pour le moment, je reste dans l'appartement, seule avec ma mère. Je ne la quitterai peut-être jamais. Je n'ai plus qu'elle. Et elle n'a plus que moi. Elle m'épie. Elle me fait des reproches silencieux et je les entends. Je guette les courriers, les SMS, les mails. Rien. Agnès nous a envoyé un seul message, une semaine après son départ. Tout allait bien. Elle était en Italie, au soleil, libre. Elle mangeait des glaces sans doute, pendant qu'on s'inquiétait, ou bien elle nageait dans l'eau bleue avec son amoureux, alors qu'on travaillait. Depuis, elle a peut-être été enlevée ou assassinée. Cette pensée me fait peur et je préfère m'agiter à préparer mon sac pour demain.

Ma mère ne prononce plus le nom de l'absente. Je le répète jusqu'à m'étourdir.

– Agnès n'a pas appelé ?

– Non, elle n'a pas appelé. On n'existe plus pour elle.

Ces paroles me hérissent. Et Agnès, elle existe pour maman ? Est-ce qu'elle la comprend ? Est-ce que ça l'intéresse même de la comprendre ? Ma sœur a sauvé sa peau. Il fallait qu'elle s'arrache. Elle ne serait peut-être jamais partie autrement. Je lui en veux, mais je ne suis pas sûre d'avoir son courage.

J'allume mon ordi et par hasard, sur ma playlist, j'entends *Tout ira bien, le vent nous portera*. Ce rythme, ce désir, cette faim, cette envie de prendre la route ! Oui, c'est ça ! Oui, c'est elle ! Oui, c'est nous ! Agnès écoutait souvent Noir Désir. *Je n'ai pas peur de la route, faudra voir, faut qu'on y goûte…* Retrouver ce morceau me bouleverse. *La caresse et la mitraille, cette plaie qui nous tiraille, le palais des autres jours...*, cette flamme et cette nostalgie m'envahissent. *Pendant que la marée monte et que chacun refait ses comptes, j'emmène au creux de mon ombre des poussières de toi.* Je le réécoute encore, mais pourquoi, à chaque refrain, ces mots reviennent-ils *Le vent l'emportera. Tout disparaîtra.*

3

Agnès a disparu, avec ses robes de gitanes et sa voix un peu rauque. Son absence creuse un trou dans mon cerveau. Comme un acide, elle brûle le tissu autour et continue de s'étendre. Je vais avoir du mal à préparer le bac, je n'arrive plus du tout à me concentrer. Merci, ma sœur ! Maman s'installe dans la chambre vide pour repasser. Ça me gêne. Ce linge sur le lit, le recyclage de cette pièce. Je voudrais qu'elle reste intacte, comme si Agnès allait rentrer ce soir.

– Pourquoi tu repasses ici, maintenant ?

Elle fait comme si elle n'avait pas entendu la question. Elle remet de l'eau dans le fer et plie le linge avec des gestes précis. Elle se plante devant la photo collée sur le mur, à la patafix. Agnès, les cheveux au vent, regardant je-ne-sais-quoi à l'horizon. Soudain, je crois que maman va pleurer. Ce serait pire que tout ! Je me sens mal, si elle s'effondre, je serai entraînée dans le tourbillon. Je sors.

– Où tu vas ?

Je ne fuis pas au bout du monde, qu'elle se rassure…

– Je vais chercher le courrier !

Depuis toute petite, j'ai intégré qu'il ne fallait pas trop inquiéter Rose, elle avait sa dose avec ma sœur. Il valait mieux que je sois sage si je voulais que ma mère résiste. Je devais l'épargner, ne pas me révolter. Je n'ai pas pu faire autrement. Je descends l'escalier quatre à quatre. J'ouvre la boîte, identique aux autres. Il y a la facture de gaz, c'est tout. Je remonte lentement. Aucune nouvelle d'Agnès. Que faire ? Je vais peut-être dessiner un peu. Je m'installe dans la pièce commune, mon bureau est trop petit et trop encombré déjà. Je fais quelques essais, mais tout est raté. Finalement, je feuillette une revue et je la découpe. Ma mère se mêle de tout :

– Ne mets pas de colle sur la table !

Je cherche des formes et des tons chauds pour faire des collages. Je tente des juxtapositions d'oranges et de jaunes. Ça m'ensoleille un peu, j'en ai besoin.

– C'est bientôt le bac, il faut que tu réfléchisses sérieusement à ton avenir.

Ça recommence ! Ma sœur a quitté brusquement le lycée en terminale et maman n'arrive pas à s'en remettre. Elle était si fière que ses deux filles se débrouillent bien en classe. Pour que je ne refasse pas la même erreur qu'Agnès, elle me surveille et me répète qu'elle paye le lycée privé, car c'est ce qu'il y a de mieux. Jusque-là, ces frais supplémentaires m'ont surtout privée de cinéma. Maman compte quand même sur cette éducation pour me garder dans le droit chemin, pour m'empêcher de partir à la dérive. Elle m'interroge sans cesse sur mes projets. Elle tourne autour de moi, collante et répétitive :

– Tu pourrais devenir prof ou infirmière.

Je reste dans le vague, n'ayant goût à rien. Elle tente de m'amadouer en s'intéressant :

– Qu'est-ce que tu fais ?

Elle s'approche de moi, se penche sur mon épaule. Son contact me gêne.

– Je ne sais pas… des couleurs.

– Tu ferais mieux de t'inscrire au hand ou au volley, tu ne sors pas, t'as l'air d'une endive.

– Je déteste le sport !

– Moi je m'active toute la journée et toi tu rêves ! Tu attends que les choses viennent toutes seules. Alors, tu ne m'as pas répondu, qu'est-ce que tu vas faire plus tard ?

Quelle question insupportable ! C'est quoi plus tard ? C'est où ?

– Je ne sais pas, peintre…

– Peintre en bâtiment ?

– Tu te fiches de moi ?

Oui, c'est clair, et j'enfonce le clou, juste pour l'embêter : Artiste peintre.

– Avec la crise ! Avec le chômage ! Ce n'est pas un métier !
Un diplôme d'infirmière ne t'empêcherait pas de dessiner à tes
moments perdus et te donnerait du travail à coup sûr. Et ce
serait plus utile !

– Oui, surtout pour te soigner dans tes vieux jours... Ne
compte pas sur moi !

– C'est ça ! Tu veux me laisser tomber comme une vieille
chaussette, toi aussi !

Elle répète ses phrases toutes faites, elle ne fait même pas
l'effort de se renouveler. Elle les ressasse avec d'autant plus
d'acharnement qu'elle perçoit leur inutilité. Je lui en veux de
vouloir réserver le dessin à mes moments perdus. Tous mes
moments seront perdus si je ne fais pas ce que j'aime. Je ne me
vois pourtant pas choisir un métier artistique, je ne sais pas
comment on fait, comment ça marche, si on peut en vivre,
je ne suis pas spécialement douée et je sais juste que je me
sens mieux dès que je prépare ma feuille. Maman commence
à avoir dans les yeux des larmes détestables. Elle va réussir à
m'inquiéter. Elle s'affole dès que j'évoque un monde qu'elle ne
connaît pas, mais je suis tout aussi paumée qu'elle. Je ne sais
pas comment m'orienter. Je ne suis déjà pas très sûre d'exister.
Je n'aime pas être seule avec Rose. Je n'aime pas être seule
sans elle. Agnès était mon seul rempart contre ma mère.
Ce ne sont pas des papiers déchirés qui vont suffire à me protéger de ses pouvoirs.

Je dîne face à elle, je n'en peux plus. L'air est saturé de sa présence, la moindre parole me torpille, le froissement de ses vêtements me déchire les tympans, je perçois son odeur, le bruit qu'elle fait en mangeant, je refrène mes envies de meurtre. Elle me regarde, elle attend quelque chose de moi, je ne sais pas quoi. De toute façon, c'est trop. J'oppose un mur de silence, infranchissable, à toute tentative d'intrusion.

4

Agnès est partie découvrir le monde et moi, qu'est-ce que je fais? Rien! Je suis les rails, le chemin qu'on a tracé pour moi. J'attends, je me décompose. Comme tous les matins, je pars au dernier moment. Je marche à toute allure. Il faut qu'il m'arrive quelque chose! Une rencontre, une aventure. Qu'il m'arrive quelque chose aujourd'hui! Qu'il m'arrive quelque chose avant que je ne meure sur place, que je me dessèche et que ma tête se réduise comme chez les Jivaros. Je cours presque malgré mon sac. Je dépasse une grand-mère qui sent la misère, je double un type qui promène son chien. Qu'il reste sur place! Les jours sont trop lents. L'angoisse et l'exalta- tion me portent. En moi, c'est le chaos, mais bouillant, il faut qu'il m'arrive quelque chose! Ils tombent tous amoureux. Pas moi. Je cherche pourtant. Tous les garçons m'intéressent, tous ceux que je croise, mais rien ne se fait. Ils me regardent sans me connaître. Ils sont maladroits et fuyants. Quand ils s'approchent, ils veulent m'oublier pour me toucher. Ce n'est pas comme ça que je trouverai l'homme que je cherche, celui qui m'aimera toujours.

Je traverse la nuit et le halo des réverbères, le faisceau des phares, les lueurs des maisons. Au kiosque, les journaux titrent sur la crise et sur le dernier attentat. Ça ne s'arrête jamais. La violence est sans fond, le monde est noir et perdu. Qu'est-ce que je vais faire au lycée ?

J'aperçois deux garçons de ma classe de l'autre côté de la rue. J'aimerais les rejoindre, mais je ne sais pas leur parler. C'est quoi un garçon ? Quelque chose explose dans ma tête, silencieusement. C'est si nouveau les garçons, si déconcertant. Avant, je me passais très bien d'eux. Ils restaient de bons copains, pas très importants. Maintenant, je ne peux plus les ignorer, je ne peux pas m'empêcher d'être attirée, aimantée. Je pourrais me précipiter contre leur peau, sauter dans les flammes comme le fait Agnès, mais moi, je me perdrais. Je veux vivre, durer, ne pas exploser en vol. Que quelqu'un me retienne, il le faut. Rien n'est solide en moi, tout est vibrant, anxieux, exacerbé. Les émotions se bousculent, se contredisent. Je suis absorbée par chaque visage. Ils font une multitude de détails et rien d'essentiel.

J'arrive en retard. Devant le lycée, une fille de ma classe n'a pas l'air de se presser pourtant. Elle reste appuyée contre le mur.

– Salut Claire, ça va ?

– Oui. Je ne vais entrer pas dans cette boîte pourrie aujourd'hui !

– Alors, qu'est-ce que tu fais là ?

– J'attends mon copain. On va faire une virée avec des potes. Tu viens ?

Je pose mon sac. Je regarde cette fille que j'aime assez, plutôt marrante.

– Quel genre de virée ?

– Oh, juste une ballade, histoire de changer d'air.

– D'accord.

Son copain arrive. Ils s'embrassent comme des morts de faim. Je ne sais pas pourquoi ils n'ont pas prévu de passer cette journée tous les deux. Je les suis. On monte dans une petite chambre. Ils sont déjà quatre là-dedans. Ça sent un peu le fauve. Ils ont l'air de se connaître tous, moi je ne connais que Claire, et encore. Ce sont des étudiants, en histoire d'après ce que je comprends. Tout le monde discute en même temps. J'essaie de repérer leurs prénoms. Qu'est-ce que c'est que ce type là-bas ? Celui qui la ramène, celui qui est lourd. Il est assis, avachi, au milieu du canapé, c'est le plus moche du groupe. Un côté loup efflanqué, une voix trop forte. Il passe son temps à plaisanter et rit avant que les autres ne voient ce qu'il y a de drôle. Il a de grandes dents, les cheveux trop longs, frisés, qui tombent devant ses yeux. Il se fiche de sa coiffure comme du reste. Ce type m'énerve. J'ai envie de me lever et de lui coller une gifle.

Les autres sont plutôt sympas, mais ils sont d'un autre milieu que le mien. Je n'ai pas l'habitude de ces manières, de ce ton, de cette facilité. Je ne fréquente pas les gens de leur espèce. Je les évite même soigneusement. Ils parlent vite, j'écoute, j'enregistre. Une fille se tourne vers moi :

– Et toi, tu ne dis rien ?

Ça semble la gêner et ça me surprend.

– C'est normal, j'arrive, je ne connais personne…

Je ne lui dévoile pas que, même quand je connais mieux les gens, c'est pareil. Je ne sais pas comment on fait pour être avec les autres. Ça a l'air naturel pour eux, pour moi c'est plus éprouvant que de passer un examen. Ils décident d'aller faire un tour de quad. Le jour se lève. Il va faire beau. À quel moment ma mère va t'elle s'inquiéter ? On sera rentrés vers 5 heures, assure Claire.

Le type attire encore l'attention sur lui. Il fait le malin. J'entends qu'il s'appelle Nathan. C'est pas terrible comme prénom. Il n'est d'ailleurs pas terrible comme mec. Nathan comment ? Nathan Malevant. Ce n'est pas mieux. Il déroule une carte à l'envers, du côté blanc, et dit :

– Alors, voilà où nous allons, en plein désert !

Il a l'air de trouver ça hilarant. Il retourne la carte d'un geste théâtral, indique la route jusqu'au terrain. Tout le monde l'écoute. Il se penche vers sa voisine, murmure quelque chose à son oreille. Ce n'est pas vrai, il lui fait du charme ! Il n'a pas le sens du ridicule ! Comment peut-elle le supporter ? La petite brune le regarde avec un air de madone. Qu'est-ce qu'elle lui trouve ? En tout cas, le regard de ce type n'a pas croisé le mien. Il n'a même pas réalisé qu'il y avait quelqu'un qu'il ne connaissait pas. Je l'oublie. Je parle avec Claire. J'entends Nathan, à nouveau. Il rit à gorge déployée. Je ne sais pas faire ça, rire sans retenue. Nous partons à deux voitures. Je décide de suivre Claire et son copain. Ils montent dans celle de Nathan.

5

Je calcule le temps que va durer le voyage. Deux heures. C'est trop. Nous sommes serrés. Claire, assise entre moi et la petite madone, se moque des garçons qui se sont installés devant. Nathan conduit. En même temps, il raconte sa vie. Je n'écoute pas. Les champs défilent, un faucon survole les arbres, je ne sais pas où je vais, je voyage moi aussi, je comprends Agnès qui s'allège dès qu'elle bouge. J'entends quand même Nathan raconter que ses jeunes frères sont des inventeurs :

– Ils font décoller des fusées. Ils construisent des engins roulants ou flottants. Ils ont fabriqué un parapluie mains-libres qui se fixe sur l'épaule.

– Pas mal ! s'écrie son voisin.

– Ils ont fabriqué aussi une sorte de périscope à poser sur leurs casques de vélo, pour servir de rétroviseur sans avoir besoin de tourner la tête.

La petite madone rit bêtement :

– Et toi, qu'est-ce que tu as fabriqué ?

– Moi je n'ai jamais pu inventer quoi que ce soit, c'est dommage. Tous les deux, ils étaient toujours ensemble et moi je restais seul.

J'écoute la suite. Il s'est débrouillé mieux que moi pour survivre. Il a créé une bande dans son quartier, la bande des Loups Noirs. Engourdie par la durée du trajet, je me laisse prendre au son de sa voix. Il répond à une question de Claire et je comprends qu'il a perdu sa mère. Je me redresse, j'écoute vraiment. Il parle à voix presque basse. Je lui demande quand c'est arrivé.

– Il y a deux ans. Elle est morte très brutalement, sans aucun signe annonciateur. Elle ouvrait la porte de la maison et elle est tombée… Je pense à elle, souvent… Elle n'était pas toujours commode, on s'en plaignait avec mes frères, mais maintenant ça n'a plus d'importance… Ce qui me manque le plus, c'est sa présence physique, sa voix, sa façon de bouger, de parler… Ça, ça me manque énormément…

Je me suis trompée sur lui, ce n'est pas quelqu'un qui évite la douleur, la vérité. Le silence retombe sur la voiture. Nathan me demande :

– Et toi, Charlène ? Tu as quel âge ?

Je ne m'attendais pas à sa question. Encore moins à ce qu'il ait retenu mon prénom. Je rougis, je réponds vite :

– Seize ans et demi, et moi je n'ai qu'une sœur… mais elle vient de tailler la route.

Il me regarde dans le rétro. Il attend la suite. Je dis qu'elle est partie, avec son copain, pour l'Arménie. Je regrette aussitôt d'avoir lâché ça, ma ceinture m'étouffe un peu, j'enchaîne sur le lycée : je suis dans la même classe que Claire, ça va, je n'ai pas trop de problèmes. Je n'ai jamais séché les cours. Les autres me versent de l'eau sur la tête, pour célébrer le baptême.

Nous nous arrêtons près du terrain de quad. Nous sortons de la voiture. Nathan passe devant moi, il n'est pas si moche, finalement. Il me dit :

– Seize ans et demi. Et demi ! C'est trop mignon !

Je reste muette, il s'éloigne, je l'entends s'écrier :

– Allez ! Je vais réserver un quad ! Je suis pressé de conduire !

– Mais tu viens de conduire !

Il me manque, déjà.

6

Le quad m'a donné des sueurs froides. Je me suis accrochée pour ne pas tomber. Dans les cahots, j'ai cru mille fois lâcher. Chacun descend des engins, un peu étourdi. Nathan est ravi, les cheveux en bataille et moi, il faudra que je rembourse Claire pour cette folie. Avant de rentrer, on se promène à la lisière de la forêt. La fermeté de mes jambes m'enchante, comme celle du sol sous mes pieds. J'avais oublié cette bonne odeur de terre et de pommes. Sans prévenir, les arbres ont changé de couleur, les feuilles ont pris des teintes mordorées. Je demande à Claire :

– Nathan, tu le connais depuis longtemps ?

– Depuis la maternelle, pourquoi ?

Pour tout. J'aurais mille questions à lui poser, mais son copain lui prend la main. Elle se laisse entraîner en ayant juste le temps de dire :

– Fais-le parler de son furet, ça lui plaira !

Je les dépasse, car il l'embrasse. Ceux de notre classe sont en cours de maths. Je suis dehors, je suis ailleurs ! Je m'échappe et je rencontre des gens nouveaux. L'air me monte à la tête comme un alcool fort. Je marche sans ralentir dans la splendeur du jour. J'empêche Nathan de s'asseoir. Je lui offre une feuille. J'en plante une autre, rouge, dans mes cheveux. Elle s'envole aussitôt. Je déclare que les furets, ça doit sentir mauvais. Il proteste avec vigueur.

Pour la première fois de ma vie, j'agis sans me poser de question, sans aucune hésitation. Il se lance dans de grandes conversations avec les autres. On s'arrête pour manger les sandwiches qu'on a achetés à la boulangerie. Je m'assois sur un tas de bois. Il se place loin de moi. Il parle fort, il plaisante.

Quelqu'un a amené un thermos de café. Pour distraire son attention de la petite madone, je renverse ma tasse. Je crie et ils se précipitent tous pour voir si je ne me suis pas brûlée. Nathan me jette un coup d'œil, dubitatif. Tout ça sans savoir ce que je fais. Mes actes ne laissent aucune poussière, aucun regret. Comme je n'ai plus de café, je bois de l'eau. Est-ce cela qui me rend légèrement ivre ? Je me lève et je vois le soleil briller plus fort que d'habitude. Les heures brûlent comme une torche. De temps en temps, Nathan me regarde.

7

À la maison, maman m'attend de pied ferme. Je me sens cou-
verte d'une armure invisible. Ses reproches ne pourront pas
me faire grand-chose :

– Mais Charlène, qu'est-ce qui t'a pris ?

– Je n'en pouvais plus ! Je suis allée chez mon amie Claire.

– Claire, qui c'est cette Claire ? Jamais entendu parler ! Et
pourquoi tu n'en pouvais plus ?

– Tu n'en as jamais marre, toi, de ton travail ?

– Ne dis pas n'importe quoi ! J'y vais même quand j'en ai
marre ! J'étais folle d'inquiétude !

– Je t'ai envoyé un SMS ! Je t'ai prévenue que je rentrais ce
soir.

Je savais bien que le lycée allait l'appeler.

– Et tu crois que ça me rassure ! Qu'est-ce qui t'arrive ? Tu
ne vas pas te mettre à filer un mauvais coton toi aussi ! Je ne

veux plus que ça se reproduise, tu m'entends Charlène ? Plus jamais !

À peine enfermée dans ma chambre, je cherche toutes les infos de Nathan sur Facebook. Il n'y a presque rien. Je télécharge sa photo. Elle ne lui ressemble vraiment pas.

Deux jours après, il m'appelle. Je n'ai plus rien à faire, qu'à me laisser porter. Il me propose de le rejoindre dans son bar préféré. J'y vais. Il est tout seul. Finalement, c'était plus facile quand il était au milieu des autres. Il m'offre un coca. Il dit qu'il a bien aimé notre virée, que c'était sympa. Il parle de ceux qui sont venus avec nous, me raconte un peu qui ils sont, ce qu'ils font. Je me détends, il me regarde :

– C'est dans la forêt que je t'ai remarquée. Je me suis demandé qui était cette fille folle. Je me suis dit qu'il fallait que je me méfie de toi.

– C'est pour ça que tu m'as rappelée ?

– Un peu, oui, pour en avoir le cœur net.

– Et toi, tu fais partie des gens que j'ai toujours évités ! De ceux que je trouve prétentieux et à côté de la plaque.

– Merci bien !

Nous nous observons. Il a un visage taillé à la hâte et ne semble pas s'en soucier. C'est étrange pour moi qui m'inquiète souvent de mon image. Je m'attache à ce visage, presque malgré moi. Un éclair de gaieté l'anime. Je commence à être moins mal à l'aise, seule, face à un inconnu. Les gens qui vont et viennent autour de nous me protègent. Il me pose quelques questions. Je finis par lui raconter que je n'ai pas connu mon père et que ma sœur me manque terriblement. Je lâche aussi que la seule chose que j'aime faire, c'est peindre et je m'étonne d'avoir dit ça. Il s'intéresse, ça me surprend aussi, c'est quelqu'un qui entend, quelqu'un à qui je peux parler. Je ne savais même pas que ça existait, du moins du côté masculin. Son attention m'impressionne, la densité de sa présence fait oublier tous les autres. Il me parle du quad, des voitures, des motos, il aime tout ce qui roule. Il profite de la vie, du temps étudiant, il n'est pas pressé de travailler. La musique accompagne nos paroles, les entoure et les porte, une voix chaude qui dit *Georgia, Georgia on my mind*. Nathan m'apprend que c'est la voix de Ray Charles. Cette musique passe dans mes veines.

Il pose sa main sur la mienne. C'est tout. Et c'est beaucoup. Je ne dis plus rien. Lui non plus. Sa main me brûle. Il sourit et je crois que c'est la première fois que je vois ce sourire qui l'éclaire. Il regarde l'heure sur son téléphone, il va partir, il a un cours.

– On se reverra.

– D'accord.

Je dois revenir à la réalité, mais la réalité est-ce que c'est le reste du monde ou bien ces minutes avec lui ?

Les jours suivants, j'écoute *Georgia* en boucle, puis je découvre *Hit the road Jack*. C'est le bon rythme, ça balance bien. On prend la route, Jack, pour ne jamais revenir ! *No more, no more, no more.*

Nathan me rappelle pour aller au ciné. Nous choisissons une salle loin de chez moi, peu m'importe le film. Dans le noir, il pose la main sur moi. Sur mon poignet, sur mon genou, sur mon cou. J'entends son souffle. Il m'embrasse, il me touche. Le monde se dissout dans sa bouche. Sa chaleur est la mienne, tout mon sang s'éveille. C'est là que je veux être, contre sa peau, dans l'émotion trop forte. Il respire vite, il murmure un mot que je ne comprends pas, il m'embrasse encore, il recommence et j'abandonne toute pensée. Ses cheveux tombent sur ses yeux, il a une odeur de tabac, ça me plaît.

8

Mon corps devient vibrant, allumé. Ma circulation inté-
rieure, débordante, rayonnante, suffit à mon bonheur. Vivre
est une occupation à temps complet. J'ai rencontré un garçon
qui me plaît. Je ne croyais pas que c'était possible, je ne croyais
pas que c'était comme ça ! J'ai rencontré un garçon ! Je n'en
parle pas à ma mère. Elle me demande sans arrêt ce que j'ai.
Rien, maman, rien ! Je lui amène Claire pour la rassurer. Une
fille bien, une fille de toubib, ça va. Ma mère est persuadée
qu'il y a moins de délinquants chez les enfants de médecins
que chez les enfants de chômeurs. Elle s'imagine qu'avec eux,
je serai à l'abri, que je resterai dans le droit chemin, avec une
vie saine et que personne ne me proposera d'alcool ni de coke.
Je préfère la laisser croire au père Noël.

Aujourd'hui je sors à trois heures et Nathan passe me
prendre devant le lycée. Il n'arrive pas avec sa vieille Clio,
mais avec une flambante voiture, ronflante, un triangle à
l'avant, les jantes et la carrosserie brillantes.

– La classe !

– Alfa Roméo, pour Madame.

Je m'installe à côté de lui. J'ai l'impression d'être mariée. Nous filons sur la quatre voies.

– Ralentis Nathan !

Il accélère. Il est ravi de conduire la voiture de son père. Je ne sais pas comment il a réussi à le convaincre de la lui laisser, car c'est un homme qui ne prête jamais rien. Le récent succès de son fils à ses partiels a dû le persuader de la réussite de son éducation. La zone industrielle défile de plus en plus vite.

– Ralentis…

Nathan tourne la tête vers moi, l'air réjoui :

– N'aie pas peur !

– Regarde la route plutôt que moi !

– Je perds au change.

– Merci… mais là, on risque de tout perdre.

Il sourit.

– J'aime les sensations fortes !

Je m'enfonce dans mon fauteuil. Je m'agrippe à la ceinture de sécurité. Je ne tiens pas aux mêmes choses que Nathan. Il aime l'alcool et les films de guerre, les polars les plus terrifiants où des psychopathes hallucinés multiplient crimes et tortures. Il fume, même dans la voiture. Il met la musique à fond. J'aime le silence.

– C'est Cascadeur.

– Connais pas.

– Ça ne m'étonne pas ! Il rit, je me demande toujours s'il ne se fiche pas de moi.

– C'est pas mal.

Il commence à pleuvoir, la route est glissante. Je fixe l'horizon. J'essaie de me détendre. Puisqu'il faut mourir, autant le faire détendue.

– Ça va, tu n'as plus peur ?

– Si.

– Allons, lance-t-il d'une voix guillerette, je conduis bien ! Tu ne risques rien !

– Sûr. Quand on voit défiler les arbres à cette allure, on se demande comment ça se fait qu'on n'en ait pas encore rencontré un.

– Tu exagères toujours.

Nathan est de bonne humeur, il est content de m'emmener faire un tour. Une petite Twingo avance vaillamment devant nous. Il double. Rapidement, nous nous retrouvons derrière un camion qui file comme s'il tenait à battre un record. Nathan le dépasse alors que la voiture en face se rapproche dangereusement. Je lui demande pourquoi il tient tant à gagner cinq minutes. Mes questions commencent à l'énerver. Il fait un effort pour me répondre :

– Je me sens mal derrière les camions, je déteste respirer les gaz d'échappement.

– Je respire bien ta cigarette…

– T'es pas marrante !

Il serre tellement le volant que les veines de ses mains se dessinent. Bon, d'accord, me dis-je, je suis rabat-joie. N'en parlons plus. Revenons à la préparation de ma mort.

Il double encore une fois. Je ne dis rien. Je serre les dents. Ça fait deux fois que je le freine, c'est trop. S'il y en a une troisième, il va s'énerver et c'est là qu'un malheureux coup de volant nous mènera droit au fossé. Même si on évite le dérapage, rester dans une voiture avec un type irrité n'est pas un sort enviable. Nous roulons tellement vite que j'ai à peine vu le troupeau de vaches sur le bord de la route. Si on a un accident, j'espère que je ne resterai pas handicapée. Mourir ensemble ne serait pas le pire, mais j'ai encore quelques trucs à faire avant. La pluie tombe dru. Il ne ralentit pas. Adieu veaux, vaches, cochons. Adieu le monde. Mes amis, ma mère, ma sœur. L'enfant que je n'aurai jamais. Nathan se tait. De toute façon avec la musique et la pluie, il est difficile de parler. Je ne sais pas si ce garçon va quelque part ou s'il fuit. Je ne peux pas descendre en pleine campagne. Et même si je le faisais, où ça me mènerait ? Je ne vais pas quand même pas aller à pied jusqu'à la gare, rentrer en train et passer la journée seule. Je ne vais pas laisser la peur grignoter ma vie. Les phares des voitures apparaissent et disparaissent, au gré des essuie-glaces.

L'averse passe. La route brille. Nathan bat la mesure sur le volant. Je m'habitue à la vitesse, je m'endors même légèrement. Je vois très tard le camion qui fonce sur nous. Je me recroqueville sur mon fauteuil comme si ça pouvait me protéger. Infernal bruit des freins. On ne pourra pas éviter cette masse. Trop tard ! Je ne peux rien faire. La mort se profile dans la stupeur. Alors, ça s'arrête comme ça ? Si brusquement ? Je n'aurais jamais cru ça, on commence à peine, on vient de se rencontrer. C'est trop bête ! Trop bête ! Je veux vivre encore ! Aimer, savoir ce que c'est ! Je ferme les yeux. J'attends le choc. La voiture dérape, heurte le bas-côté. Arrêt brutal. Silence.

Nathan est livide. Il ne dit pas un mot. Moi non plus. Je sors. Le camionneur, à la fenêtre de son monstre, hurle qu'on est complètement tarés. Nathan lui fait signe que *basta*.

C'est miraculeux, même pas un fossé. La voiture s'est immobilisée contre un petit talus. J'avance, hébétée, sur le pré. Marcher dans l'herbe, sentir l'eau. La pluie coule sur mon front, sur mes paupières. La fraîcheur vient sur mon cœur. Je suis là. Je respire. La vie est une sensation forte.

9

Tout ce temps dont je suis responsable soudain, que vais-je en faire ? Je viens de comprendre quelque chose d'essentiel : je ne veux pas mourir, même quand je me sens mal. Tout fait partie de l'envie de vivre, mon inquiétude mes peurs aussi, tout ce qui m'appelle et tout ce qui me retient. Devant le camion qui fonçait sur nous, j'ai vu ce monde, ces êtres et je les ai aimés violemment, de toutes mes forces. Et je me suis vue moi, ce mélange mystérieux, unique, et je l'ai aimé aussi. J'ai écarquillé les yeux pour garder le soleil, pour vivre encore chaque seconde éblouissante et j'ai tout aimé, la peur, la beauté, le déchirement de quitter tout cela. Ma sœur, est-elle toujours sur cette terre ? Et si elle était morte, quelque part, sans qu'on le sache, dans un fossé, au fond d'un bois… Parfois, je n'ai plus peur, parfois j'essaie d'oublier ma sœur, de la rayer de ma vie, mais je n'y arrive jamais vraiment, jamais comme j'oublie mon père. Lui ne m'a pas tenu la main, il ne m'a pas parlé. Il n'a jamais été près de moi, pas une seule seconde. Agnès a été là, elle. Il reste tous les moments vécus avec elle.

Je m'assois sur son lit, je regarde sa photo, ses bougies. Elle a recouvert la cage de son rat, Marcus, un animal qui faisait hurler maman. Je ne sais pas ce qu'il est devenu, lui non plus.

Je retrouve Nathan au bowling, au café, chez Claire, j'essaie d'effacer tout le reste. J'aime le voir au milieu des autres, mais j'évite de me retrouver trop souvent seule avec lui. On s'embrasse dans sa voiture. Quand il passe la main sous mes vêtements, tout à coup je l'interromps. Je trouve un prétexte pour partir. Il me regarde, interloqué, qu'est-ce qui te prends ?

À la maison, je découvre un mail, le premier message de ma sœur !

«Chère maman, chère Charlène. J'espère que vous allez bien. Pour nous, ça roule ! Nous sommes finalement restés plus longtemps que prévu en Italie. Nous avons pu travailler, un coup de chance. Ça nous a permis de payer le camping, l'essence, les repas et les glaces ! Nous avons rencontré un type qui vendait des tissus péruviens et nous avons fait les marchés avec lui. Maintenant, nous repartons, vers l'est.»

Maman ne décolère pas.

– C'est tout ! Et le téléphone, c'est pour les chiens ?

– Tout va bien, c'est l'essentiel…

Agnès n'a pas envie d'entendre des sermons. C'est moi qui y ai droit. Ma sœur est libre, bien plus que moi. Elle a déjà eu plusieurs amoureux. Elle choisit son destin. Je me dis qu'un jour je partirai moi aussi, avec Nathan, et que nous filerons au bout du monde. Agnès, c'est mon modèle. Elle m'a toujours montré la route. Impériale, audacieuse, je mendiais pour qu'elle m'accorde quelques minutes d'attention. Même quand je la détestais, je l'aimais. Je m'attachais aussi à ses copains, sauf à Vassak, et je ne comprends pas que ce soit avec lui qu'elle soit partie. Ça ne va pas durer. Agnès tombe amoureuse à chaque rencontre puis quitte les garçons pour ne pas être quittée. Elle part la première, trop intuitive pour laisser l'initiative à l'autre. Elle ne cherche pas à réparer, à comprendre, à discuter. Elle s'en va. Elle change, elle rompt. Elle a toujours ce mouvement, quand elle laisse une personne, un lieu, un groupe, de se retourner dans un mouvement gracieux, de jeter un coup d'œil à ce qu'elle abandonne et de repartir d'un pas vif, légère et soulagée, comme si elle l'oubliait déjà. Moi quand même, elle ne peut pas m'oublier ! Je suis sa sœur, sa seule sœur ! De toute façon, j'irai la rejoindre !

Pour le moment, je ne voyage pas, mais je recommence à peindre. J'invente des compositions chaque jour différentes. Elles surgissent sans s'épuiser. Elles viennent de je ne sais où, des éclats violents de couleurs, des explosions, des ciels dilués, des mouvements d'eaux profondes.

Je garde ma relation avec Nathan secrète, sauf auprès de Claire qui s'est aperçue que je répétais son prénom trois fois par phrase. Je travaille beaucoup moins qu'avant. Ma mère s'énerve à nouveau :

– Ton avenir, c'est ton avenir que tu bousilles !

Peut-être, oui, mais mon présent lui, il est sauvé.

10

Mon anniversaire est passé, Noël aussi, tout cela avec juste une carte de ma sœur. C'est bref, très bref. Je ne peux pas lui répondre, lui écrire poste restante, quelque part au bout du monde. Je ne peux pas lui parler de ce qui m'arrive. J'ai rempli ma liste de souhaits pour l'an prochain. J'ai inscrit : fac d'histoire, au hasard. Agnès n'est même pas au courant.

Avant, j'allais la voir, le soir, et je lui racontais mes secrets. Elle soupirait parfois, mais elle m'écoutait. Ça m'aidait vraiment, c'est maintenant que je m'en aperçois. Ma grande sœur, assise en tailleur sur son lit, m'encourageait à me faire des copines, à aller à la piscine, elle cherchait avec malice le prénom de mon amoureux. Que dirait-elle si elle savait ?

Pour la première fois, j'accepte de rester seule avec Nathan, dans son studio. Pour la première fois. Je n'en reviens pas d'être là. C'est masculin. C'est différent. Ce ne sont pas les mêmes objets, les mêmes couleurs, c'est en désordre.

– Ah bon ? Tu as rangé avant que j'arrive ?

Il ouvre le bras pour montrer tout l'espace où il règne :

– Je t'attendais, princesse !

Il n'y a pas de plantes vertes. Il n'y a pas de tissus ni de coussins. Il y a un rasoir dans la salle de bain, des caleçons dans un coin. Les serviettes de toilette ne sont pas assorties. Je n'ai pas l'habitude de ces tons. J'ai une mère, une sœur, elles n'aiment pas la bière, elles ne disent pas tant de gros mots, elles ne sont pas folles de voitures, elles se fichent du foot, elles n'ont pas de gestes brusques, d'idées générales à défendre coûte que coûte. Elles n'ont pas de grands pieds, ni de grandes chaussures qu'elles posent sur la table basse. Elles ne boivent pas d'alcool avant de m'embrasser. Elles n'ont pas ces cheveux fous, ces mains, cette bouche. L'effroi est à la mesure du désir, immense. Nathan m'empêche de m'enfuir. Il me déshabille hâtivement. Je tremble. Je croyais m'être habituée à lui, à ses gestes, à son odeur, à sa peau, mais je suis bouleversée, la surprise de la première fois est immense. Les gestes sont tâtonnants, l'émotion trop grande. Je cherche dans l'ombre ce corps nu, brûlant, lisse, terriblement présent. La curiosité m'emporte, il me plaît. Son sexe me passionne, doux, étonnant, tellement sensible, tellement vivant. C'est mon premier garçon, mon premier amant. Ses mains sont tendres, sa peau est bleue, les rideaux se reflètent sur lui.

Après, il me parle, et ça aussi ça m'étonne, ce n'est pas ce que mes copines m'avaient raconté.

– Alors, tu ne l'avais jamais fait ?

– Non, jamais…

Un garçon m'avait demandé, une fois, quand j'avais quatorze ans. Mais je ne ressemble pas à ma sœur.

– Pourquoi avec moi, alors ?

– Je ne sais pas…

Il répète que je suis jolie et j'en suis tout étourdie. Ma mère me l'a déjà dit, mais ça ne m'a pas fait le même effet. Des garçons me l'ont dit aussi, mais moins sérieusement que lui. Lui, il écrit avec son doigt, sur mon poignet. Il écrit qu'il m'aime et je ne sais pas pourquoi, je le crois. Il pose ses lèvres sur mon ventre, très doucement.

– Est-ce que tu as déjà été amoureuse ?

– Ça m'est arrivé, mais je ne l'ai jamais montré.

– De qui ?

– Toujours de garçons qui ne m'aimaient pas…

Ça a l'air de le surprendre que je lui réponde. Les garçons ne veulent pas qu'on leur réponde ? En tout cas, les garçons posent des questions, ça m'étonne, je croyais qu'ils ne savaient pas vraiment parler.

– Et moi, tu m'aimes ?

Mais je ne sais pas encore ! C'est si important, c'est l'affaire de ma vie, tu ne peux pas comprendre. Les garçons aussi cherchent l'amour ? Première nouvelle ! Je l'embrasse pour ne pas répondre. Peut-être que les garçons ne cherchent pas tous une fille d'une nuit. Tu n'es pas comme les autres, Nathan. Ton intelligence à toi est douce et forte. Tu as su écouter, attendre, ne pas insister, insister quand même.

Agnès m'avait dit que la première fois, c'était décevant, que les hommes ne savaient pas s'y prendre. Toi, tu as été attentif et délicat, je n'en reviens pas. Je me relève, je vais rentrer, tu me retiens encore un instant :

– Ça va ? Est-ce que c'était bien pour toi ?

– Oui, c'était bien. Vraiment bien.

Il m'est arrivé quelque chose. Je ne suis pas exclue de ce monde. Le plaisir ? Oui. Non. Je ne peux pas dire, c'est quoi exactement ? Tout ce que je ne sais pas depuis que je te connais. Tu es le premier Nathan, le premier, j'en tremble encore. J'ai eu envie de toi, ça ne m'était jamais arrivé. Jamais à ce point, en vrai, pas seulement en imagination, jamais le corps qui décide, tout seul. J'ai eu peur à vouloir m'enfuir, peur au bord de m'évanouir. Mais tu étais là pour moi. C'était le moment. Il fallait que je réponde.

11

Je me regarde dans le miroir, non ça ne se voit pas. J'ai toujours le même visage, l'acte semble me laisser intacte. Pourtant
un espoir insensé s'est levé, que rien ne peut freiner. Nathan,
c'est le vent qui souffle et qui bouleverse. L'attente et le sommeil d'avant sont pulvérisés. Avec lui, je rencontre ma vie
folle, ma vie d'aventure, sans garantie, sans sécurité aucune.
Je vais une seconde fois chez lui, puis une troisième. J'ai une
vie secrète, un amant caché.

Il tarde à m'appeler aujourd'hui. Avant il trouvait toujours
un moment, entre deux cours, pour me faire signe. Il ne
ressent plus l'urgence de me parler pour ensoleiller sa journée.
Est-ce que c'est le premier pas vers la fin ? Il aime peut-être
uniquement la conquête, faire craquer une fille jeune et naïve
et se sentir plus fort. Moi, j'ai tout misé sur lui ! C'est trop,
évidemment… Amant, ami, confident, conseiller, père, frère,
prince charmant, il n'arrive pas à tenir tous les rôles. Il me
déçoit. C'est moi qui ne l'aime plus. Je marche, désolée, dans
les rues. Je croise un garçon, j'ai un élan vers lui, spontané,

surprenant, la même attirance qu'un papillon vers la lumière. Je m'aperçois qu'il a la même taille, le même air distrait, les mêmes cheveux bouclés que Nathan…

Je ne peux pas me passer de lui. Il ne peut pas me laisser tomber maintenant, ce n'est pas possible ! Je voudrais tout le temps le rejoindre. Ma mère ne me laisse pas sortir le soir, je m'échappe dans la journée quand elle travaille. J'évite de rater les cours pour ne pas attirer son attention, mais ça nous laisse peu de temps. Je reste en dehors de la vie de Nathan, les soirées, les boîtes, je ne peux pas y aller. Qu'est-ce qu'il fait sans moi ? Est-ce qu'il m'oublie ? Est-ce qu'il se penche vers la petite madone ou vers une autre ? Je ne sais pas retenir les hommes, c'est inscrit depuis ma naissance, une fille sans père, une fille inquiète, une fille qui manque de tout.

Je ne supporte plus l'appartement, la cuisine, ma chambre, comme celle d'une éternelle enfant, la chambre de ma mère où je ne vais jamais, la pièce commune avec le canapé usé, la tapisserie moche. Cela fait trop longtemps que j'étouffe. Je ne peux plus vivre ici. J'espère qu'ailleurs, je me sentirais mieux. Je tente un ballon d'essai, pour voir la réaction de ma mère :

– J'aimerais bien aller en internat.

– Quoi ?

– En internat ! Tu sais, un endroit où on a de bonnes conditions pour travailler.

– C'est la première fois que j'entends ça !

– Mais j'y pense depuis longtemps. Ici, je n'arrive pas à me concentrer.

– Tu ne vas pas me faire ça !

– Quoi ?

– Comme ta sœur, partir !

– Maman !

Je commence à faire la vaisselle. Elle verra que je prends les choses en charge, qu'il est temps que je me débrouille sans elle.

– Le lycée n'est pas loin, je ne vois pas l'intérêt d'aller en internat…

Cela ne mérite pas de réponse. L'eau tiède coule sur mes mains. La mousse monte dans l'évier, prête à déborder. Ma mère prend un torchon pour essuyer.

– Je n'ai pas les moyens, de toute façon. Et puis, pourquoi veux-tu partir d'ici ? Tu t'en iras quand tu auras un amoureux.

Comment est-elle si sûre que je n'en aie pas ? Ça veut dire que Nathan m'a déjà laissée ?

– Tu es libre, ici, tu le sais bien.

Ma mère va rajouter que je suis sa meilleure amie. Je m'apprête à me boucher les oreilles. Je la supplie lamentablement :

– J'ai besoin de prendre mon indépendance…

– C'est trop tôt ! Quand tu auras fini tes études ! Qu'est-ce que je deviendrais sans toi ? À qui je raconterais ma journée ? Tu es ma meilleure amie, dans le fond.

À tous les coups, elle parvient à déclencher mon remords. Je le sais, je le vois arriver, mais ça marche quand même. Agnès a eu la chance d'être l'aînée, c'était plus facile de partir. Souviens-toi que ta mère n'est pas une petite chose fragile, c'est une tornade qui emporte tout sur son passage.

– Arrête ! Je te sers d'alibi. Si je n'étais pas là, tu rencontrerais quelqu'un.

– Ne me lance pas là-dessus ! Je ne cherche pas, c'est trop tard !

– Trop tard ! À quarante-six ans !

Parfois je la trouve horrible, parfois belle. Le plus souvent je ne me pose pas la question, c'est ma mère, son visage arrive, s'impose, mais si je la regarde de façon détachée, elle peut plaire.

– Des hommes, j'en rencontre ! Des collègues, des clients, mais ce sont des assis. Ils restent sur leur siège, ils se laissent conduire. Ils veulent des petites histoires, des petites distractions, des itinéraires qui ne changent pas leurs habitudes… Je ne trouve pas d'homme debout, de type qui voit loin !

Moi non plus. Nathan a l'air plutôt myope depuis qu'il m'a vue nue. Ma mère n'imagine pas ça, elle s'active pour ranger la vaisselle. Plus elle s'inquiète, plus elle bouge. Je la regarde frotter la table qui est propre depuis belle lurette.

– Allez, maman, ne t'en fais pas, tu te passeras très bien de moi !

Moi, c'est moins sûr. J'ai eu, toute mon enfance, une peur constante de la perdre.

– Tu crois ça ? Mais qu'est-ce que j'ai devant moi ?

Brusquement, elle jette le torchon et me laisse en plan dans la cuisine. C'est de plus en plus clair, il ne faut pas que je traîne ici. Créer des liens, en défaire d'autres, ça ne s'arrête jamais…

Je sors, je vais en ville. Chez moi, c'est dehors. Seule, je respire. Les pavés ne crient pas. M'en aller me repose. La rue piétonne est trop étroite pour la foule. Les vêtements de la nouvelle saison emplissent les vitrines avec leurs superpositions, leurs harmonies. Je n'ai pas envie d'acheter ni même d'essayer. L'animation des passants me suffit, le mouvement me détend, je suis libre, je marche légère, je file au milieu du flot. Je croise des grands, des petits, des gros, une fille anorexique en noir, des enfants avec des bonnets et des manteaux, des hommes en tee-shirt, se tenant par la main, des musiciens portant leurs instruments, des mendiants assis contre leurs chiens… Aller et venir est tout ce qui me reste. Je ne veux plus rentrer. Je vais faire comme Agnès, partir, prendre un train, monter dans un avion, un bateau, embarquer vers les îles. J'ai obtenu ce que j'espérais et persistent une soif, une impatience, une envie d'être ailleurs. Est-ce que l'amour est déjà fini ? Je laisse passer cette tristesse, cette pluie de cendre qui tombe sur moi. Peu à peu, elle se disperse. J'avance, déjà la lumière change. Le flot des passants s'éclaircit. Les maisons montent plus haut que les arbres. Le ciel a des étages d'air. Une odeur de pains au chocolat sort de la boulangerie. Un air de saxo rythme mes pas. La vie m'emporte.

12

J'appelle Nathan, je le cherche, je le dérange. Je le rejoins dans sa chambre d'étudiant. Il ne me chasse pas. Je reviens, je mets tout dans la balance, je ne préserve rien, je n'ai plus rien à perdre. Il se passe alors une chose imprévisible, entièrement nouvelle et totalement inconnue : tout le plaisir vient de cet homme. Il se rhabille et ferme son jean, très fier de lui.

Quand je rentre chez moi, mon corps lumineux danse à chaque pas. Un soleil tourne à la place de mon cœur. Tout ce que je touche partage mon bonheur. La table fond sous mes doigts, le buffet pétille, habité par des bulles, même le sang dans mes veines est en légère effervescence. À tout instant, la joie déborde.

Je m'attache à Nathan, encore plus qu'avant. Je lui dis oui. Je pense à lui, le soir. Je pense à lui tout le temps. Je sais de moins en moins qui il est. Un garçon aux mâchoires serrées qui impose ses ordres, un garçon abandonné qui supplie que je ne le touche plus, puis que je le touche encore, et je lui dis oui et je fais ce qu'il veut, je fais ce que je veux, je le touche encore. Je ne suis plus la même. Je suis quelqu'un que je ne connaissais pas, quelqu'un qui se révèle dans le noir, qui va droit vers ce qu'elle aime. Je regarde son corps dans l'ombre et ça me plaît qu'il soit nu pour moi.

Je le regarde aussi quand il est au milieu des autres. Il est animé, il les intéresse, ils cherchent sa compagnie. Au bowling, la piste brille, il s'avance, grand et mince, il lance une boule luisante, le roulement se prolonge comme un tambour annonçant l'exploit, les quilles se renversent et il rit. Il vient s'asseoir, il boit, il applaudit son équipe, il raille l'adversaire, il se lève, il fume, il a toujours un geste à faire. Parfois, il pose les yeux sur moi et je ne sais pas ce qu'il pense. Il me touche rarement quand nous sommes avec les autres. On n'en est qu'au début, on se connaît à peine. On se connaît depuis longtemps pourtant, quelques semaines, à dix-sept ans c'est long, mais il n'aime pas trop montrer qu'on est ensemble. Je le regarde et ce que j'ignore grandit autant que ce que j'apprends.

Quand il retourne dans sa maison d'enfance, il retrouve son furet, un petit animal à la fourrure très douce, apprivoisé, mais pas complètement. Il peut toujours mordre. Et aussi déterrer les plantes vertes, faire des trous dans les fauteuils. Ce furet dort beaucoup, mais dès qu'il se réveille, il bondit et fait la danse de Saint-Guy. Il mange toutes les dix minutes, ses pattes ressemblent à des mains. Il est si long qu'on a du mal à le croire. Il se laisse prendre par la peau du cou et il pend comme une écharpe. Il aime jouer, il a des yeux vifs, de petites oreilles et un nez rose, tout entouré de fines moustaches. Il se cache dans les bottes, s'enroule autour des balles pour les garder pour lui, pousse de petits cris et saute sur la table basse, spécialement quand les verres sont sortis pour l'apéritif.

Je retiens ce que me raconte Nathan. Je sais peu de chose de lui et je me souviens de chacune. Ce furet, c'est l'animal qu'il lui fallait, apprivoisé, mais pas complètement.

Là-bas, dans sa maison d'enfance, il a aussi une cabane dans les arbres, mais maintenant, elle n'est plus habitée que par les oiseaux. On dirait parfois qu'il veut y retourner, chasser les intrus et revivre ses premiers vertiges. Qu'est-ce que l'avenir a de mieux à lui offrir ? Il vivait dans les feuilles, avec ses BD et ses sifflets. Il régnait sur un jardin vu du ciel, protégé par une famille, entouré d'animaux. Sa mère lui lisait des histoires. Il a encore tous les albums. Elle lui tricotait des pulls, il n'en a jeté aucun. Il entraînait ses frères dans des chasses au Dahu, vagabondait avec ses amis, les Loups Noirs. L'enfance est son secret, son trésor. Il n'a pas retrouvé d'autres royaumes.

Nathan vit au jour le jour et ne veut pas entendre parler du lendemain, du travail, du reste du monde, il est très bien comme ça, quelques cours par-ci, par-là et sa jeunesse. Il sort, il fait la fête. Il n'a pas de soucis de logement, d'argent, de santé, de solitude, mais il n'a pas de projets. Il lui arrive, en

regardant les gens se bousculer pour entrer dans un maga-
sin, d'allumer une cigarette et de dire que rien n'a de sens.
Il va rarement à la fac. Il lit ce qui n'est pas au programme.
Il aime la vitesse, mais il essaie d'arrêter le temps. Il défait les
boutons de sa chemise et son torse apparaît comme un éclair
dans la pénombre, son visage devient plus grave, ou plus gai,
il s'approche de moi et je lui dis oui. Je veux bien, oui. On va
oublier, tout oublier, oui.

13

Le soleil entre dans la chambre, mais je perçois une réserve chez Nathan. Il tire la couette sur lui, me touche à peine. Je me livre à lui, perdue, prête à tout accueillir, mais c'est peut-être cela qui le trouble, ce consentement, ce grand mouvement de l'être. Il cesse de prononcer des mots qui m'étourdissent. Il se relève plus vite. Il ne me retient plus dans ses bras. Il prend une douche sans m'inviter, se rhabille sans me parler. Quand nous sortons de son studio, il me quitte sans tarder. Est-ce que je l'encombre ? Est-ce que je lui fais peur ?

L'après-midi en cours, je ne prends quasiment aucune note. J'ai la tête ailleurs.

En rentrant, je trouve la porte de l'appart fermée. Rose m'avait pourtant dit qu'elle serait là ce soir. Tout est éteint, chaque pièce attend, vide et sombre. J'appelle maman et je tombe sur sa messagerie. J'envoie un SMS à Nathan, à Claire, je travaille un peu. Rose ne rappelle pas. Dans le frigo, il n'y a presque plus rien et je dîne seule. J'éclaire ma chambre avec l'ordinateur, je zappe sur Internet, je lis les messages des filles de ma classe et télécharge une série. Devant les images, j'oublie tout, mais dès qu'elles s'arrêtent, le silence retombe sur l'appartement. Est-ce qu'il est arrivé quelque chose à ma mère ? Qui appeler ? Nathan ne peut pas m'aider. Elle est toujours sur messagerie. Personne ne répond, je suis seule au monde. J'ai besoin que ma mère soit là, pas trop près, mais qu'elle soit là quand même. Tout dépend d'elle, mes études, la vie quotidienne, la vie. Le bruit de la clé enfin me rassure.

– Où est-ce que tu étais ?

Rose ne répond pas. Ce n'est pas son genre de ne pas répondre. Elle est très lisible. Elle travaille, fait les courses, discute avec des gens, va marcher avec des copines le dimanche. Alors quelle mouche la pique ?

– Mais réponds-moi ! Tu te rends compte que je m'inquiétais ?

– J'ai eu un imprévu.

Elle pose sa veste, ne s'explique pas, n'a même pas l'air coupable.

– Tu aurais pu me prévenir !

– D'habitude c'est moi qui dis ça… écoute, là je suis fatiguée, je vais me coucher…

Furieuse, je claque la porte. Elle commence une vie secrète au moment où j'aurais besoin qu'elle soit là pour moi.

Plus les jours passent, plus Nathan devient distant et distrait. Je sens qu'il s'éloigne. Sa photo s'affiche moins souvent sur mon téléphone, la sonnerie que j'avais choisie pour lui ne retentit plus tous les soirs. Même les SMS deviennent plus rares. Quelque chose l'appelle ailleurs, le charme et le fait fuir. Quelle sorcière a le pouvoir de transformer Nathan, de lui jeter un sort qui l'éloigne de moi ?

À l'intercours, je discute avec Claire. Elle fait du théâtre, depuis longtemps et dès qu'elle en parle, ses taches de rousseur rosissent. Elle prépare le concours du conservatoire et ses parents espèrent qu'elle ne l'aura pas… Elle voudrait que je lui fasse répéter la scène qu'elle va jouer, elle l'a déjà récitée mille fois à son copain, il n'en peut plus.

J'accepte et je lui demande, un peu trop vite, si la petite madone fait toujours partie de leur bande.

– Johanna ? Oui, elle vient souvent avec nous. Pourquoi tu me demandes ça ?

– Oh, comme ça…

– Tu surveilles Nathan ?

– Je ne le surveille pas !

Je m'inquiète, c'est différent. Son mot me choque. Et lui, est-ce qu'il croit aussi que je le surveille ? Claire m'observe avec son petit sourire.

– Maintenant, Johanna sort avec Elliot.

Cette nouvelle me soulage énormément. Je me remets au travail et je passe quelques jours plus sereins. Je descends m'installer sur la pelouse du square, il fait si beau ! Le cerisier est en fleurs, le blanc resplendit contre le bleu. Un ciel profond, sans traces. Les enfants jouent sous une neige de printemps. Le vent léger emporte des poignées de pétales qu'il disperse. On dirait une nuée de papillons, de l'écume éparpillée, des confettis lancés pour fêter de jeunes mariés.

Chez moi, je m'exerce au dessin. Je n'ai pas tellement le sens des proportions. J'essaie de placer les volumes, les ombres, mais j'abandonne rapidement la coupe de fruits pour inventer des arbres. Leurs silhouettes se déploient, je les trace au pinceau noir sur des fonds en couleurs. Nathan m'appelle et j'ai la mauvaise idée de lui dire que ma mère travaille ce samedi. Il déclare qu'il arrive. C'est la première fois qu'il vient chez moi. Je n'aime pas ça. Ici, c'est petit, chez lui, c'est mieux, une grande maison avec un jardin. D'ailleurs, il ne me l'a jamais montrée. Je ne me sens pas très bien, une sorte de honte m'envahit. Il va trouver tout moche, sans goût, et moi aussi, il me trouvera moche et sans goût. Je voulais continuer à peindre, mais c'est trop tard, l'élan est perdu. Je hache ma feuille de grands traits noirs. On sonne. C'est lui :

– Je voulais te parler.

Ça commence mal, je croyais qu'il voulait m'embrasser. Ça ne continue pas bien non plus. Il me tient un discours incompréhensible. Il me trouve jeune, moi qui l'ai attendu si longtemps. Il se trouve vieux, avec cinq ans de plus, lui qui vit encore comme un ado. Il ne voudrait pas me perturber, me donner de faux espoirs…

– De faux espoirs ? Tu ne m'aimes plus ?

– Mais si ! mais je ne veux pas te laisser croire qu'on peut se voir souvent. C'est compliqué pour moi, j'ai beaucoup de travail…

Je ne dois pas avoir l'air convaincue, car il cherche un autre argument :

– J'ai besoin de temps. J'ai du mal en ce moment… je suis partagé.

– Partagé ?

Je me sens obligée de répéter ses mots, tellement leur sens reste obscur.

– Parfois, je pense encore à Marie.

– Quelle Marie ?

Il ne voulait pas me perturber, vraiment ?

– La fille qu'on a vue l'autre jour, au Blue Note, celle avec qui j'étais avant…

– Tu étais avec elle avant !

Celle qui tournait toujours la tête vers nous, celle qui semblait poser sur lui une invisible couverture, une étrange marque de propriété. Ce que j'ai de plus précieux va disparaître. Cela va

recommencer, je le sens. Un vent noir me dévaste. Je n'échap-
perai pas à mon destin, tout va s'effondrer. Je vais errer, ma vie
durant, dans la détresse et la désolation.

– Si c'est elle que tu aimes, alors nous deux, c'est fini.

– Je ne l'aime pas, non, c'est juste que je n'arrive pas à
l'oublier.

– Ben voyons, c'est rien du tout !

Il pose la main sur mon bras, comme s'il voulait effacer ce
qu'il vient de dire. Je me dégage. Il se ferme. Il s'éloigne et me
traite de fille qui ne comprend rien, de gamine qui ne pense
qu'à elle. Je proteste, il hausse le ton et se lance dans un flot
de jugements sur moi, de remarques qui me coupent le souffle.
Je ne veux pas qu'il dise ces choses. Je ne veux pas qu'il crie. Je
ne peux pas le faire taire. Il est proche comme une part de moi-
même, mais je ne peux pas le faire taire. Sa voix me traverse,
me blesse, elle ne s'arrête pas. Son volume sonore écrase toute
tentative de placer un mot. Il me reproche d'avoir trop besoin
de lui. Trop besoin de lui ! Je lance mon pinceau sur ce bloc
inaccessible. Tous mes mots sont compactés, muets, furieux,
dans le trait de peinture qui coule sur son cœur.

14

Nathan s'habille lentement, sans un mot. Il persiste dans une réserve que je ne lui avais jamais connue. C'est lui qui m'a demandé de venir pourtant. Il ne me parle plus jamais d'autres filles, ne me fait plus de reproches, mais il reste hors d'atteinte. Son visage impassible, ses pensées inaccessibles. Je craignais de le perdre, mais je ne m'attendais pas à ce qu'il disparaisse tout en restant là. Je me glace sous la menace.

– Tu as revu Marie ?

– Je ne vais pas au-devant des complications, répond-il, très rationnel.

– Alors, qu'est-ce qui se passe ?

– Mais rien ! Qu'est-ce que tu vas imaginer encore ?

Il sort de la chambre. Je le suis.

– Je te préviens, je ne te lâcherai pas tant que tu ne m'auras pas dit…

Dans le coin-cuisine, il ne peut pas aller plus loin. Je le supplie :

– Je te sens distant, ailleurs, Nathan, parle-moi !

Il voit que je n'ai pas de preuve. Il ne dit rien. Je meurs de peur. Je lui propose de partir une journée au bord de la mer. Il se sert un café, répond qu'il est un peu fatigué, je bondis :

– Ce n'est pas possible ! Je ne comprends pas ! Tu ne veux même pas qu'on passe une journée tous les deux ? Alors, tu vas tout laisser se détruire ?

Nathan n'est pas touché par ma peine, il est seulement irrité que je vienne contrarier ses plans. Je tombe dans un puits sans fond. Il veut se réfugier dans les toilettes. Je mets le pied dans la porte, je l'empêche de fermer.

– Dis-moi ce qui t'arrive !

Il réussit à s'enfermer. Je reste plantée devant la porte. Dès qu'il sort, je le harcèle. Il avoue, il a revu Marie, une fois. Quand je lui demande s'il me prend à ce point pour une conne, il concède :

– Bon d'accord, deux ou trois fois.

Je veux tout savoir, tous les détails, et plus je sais, plus je souffre.

– Ne t'énerve pas comme ça ! Ce n'est pas si grave !

– Si. Je ne veux pas te partager.

– Tu m'en demandes trop.

Il n'est pas question que j'accepte cela. C'est tout bonnement impossible. Je vais les tuer tous les deux.

– Choisis, et vite !

C'est pour Nathan, le genre de phrase équivalente à un gros mot. Rien ne presse, jamais, surtout pas de prendre une décision. Il rabat la couette sur le lit.

– Ça va, on n'est pas mariés !

Je ne répondrai même pas. Ce serait faux de se dire qu'on ne s'est rien promis. C'est promesse le corps qui s'offre, et promesse le désir qui emporte, promesse sans fin, promesse sans réserve, grand champ ouvert pour toutes les promesses. Et quand ce mouvement s'arrête, trahison.

Mon silence l'irrite. Il me jette un regard noir et reste debout, sans pouvoir se déplacer dans le petit espace de la chambre. Je ne bouge pas, il n'osera quand même pas me jeter dehors. Il bout sur place et une nouvelle fois, se fâche et déverse sur moi sa colère. Il me renvoie en pleine figure ce que je lui avais confié jusque-là, comme embarras, comme question, ce dont j'essayais de me défaire, mes incertitudes, ma peur de le perdre. Il utilise mes propres paroles comme une arme. Même si ce qu'il dit est vrai, il le dit avec tant de violence que c'est inaudible. Ne me parvient que sa haine. Je découvre son désir de s'imposer, de me blesser. Il fait mon procès sans appel et critique aussi ma mère et ma sœur, ce qui est mon domaine réservé, moi seule ai le droit de le faire.

C'est insupportable. Je proteste, mais je ne peux pas me défendre d'être ce que je suis, d'avoir la famille que j'ai.

Je l'accuse à mon tour de froideur, de mensonge, de trahison. Il ne m'écoute pas, continue, me cloue dans sa condamnation. Il crie, il est affreux. Je vois se défaire l'homme que j'aime. Et je reste paralysée, sans pouvoir me décoller d'un milli-mètre. Ses mots me dévastent, frappent en moi le fragile vœu de vivre. Je cherche ce qui pourrait l'atteindre, le faire taire. Enfin je trouve. Je le regarde froidement, je parle lentement, fermement, je déclare :

— De toute façon, tu ne m'as jamais fait jouir.

Il s'arrête net, me regarde sidéré. Je peux me lever, saisir mon sac et m'enfuir.

15

S'il ne se décide ni à la quitter ni à me quitter, il va falloir que ça soit moi qui agisse. Je vais les tuer tous les deux. Lui et cette stupide Marie. Au Blue Note, il m'avait dit qu'il ne la connaissait pas. Il avait l'air flatté d'être remarqué par cette fille. Il me souriait comme s'il me faisait une faveur d'être avec moi. Un hypocrite, un menteur. Il ne mérite que la mort. Son ex ! Comme c'est facile ! Il la connaît, il sait ce qui lui plaît. Et elle aussi le connaît, elle sait ce qui marche avec lui : il suffit de lui dire qu'il est le meilleur en tout et c'est sûr, il va craquer ! J'ai dû arrêter de lui dire, mais bon, au bout d'un moment, il faut être un peu réaliste.

Cette fille est une menteuse, une hypocrite elle aussi, une manipulatrice. Ou pire, elle l'aime encore. Elle a voulu retrouver toutes les qualités de Nathan, son énergie, sa gaieté, son intelligence, sa force. Me souvenir de tous ses dons m'anéantit.

Il est le seul être au monde dont j'attende vraiment quelque chose. Il a trouvé l'accès à mon cœur le plus secret, à mon corps le plus profond. J'ai absolument besoin de son amour, de son attention, de sa présence. S'il m'abandonne, ma vie est foutue. Je vais les tuer et moi après. Qu'est-ce qui est le plus efficace pour en finir, de l'arsenic ou un coup de fusil ? Ce n'est pas évident de se procurer l'arme du crime. Je vais attendre qu'il retrouve cette fille et faire exploser la maison. Peu importe si je saute avec ! J'ai une vocation de kamikaze.

Les heures passent. Le sommeil ne viendra pas désormais. Marie a sûrement plein d'atouts que je n'ai pas. Je n'ai pas fait le poids à côté d'elle. Je ne vaux rien de toute façon. J'entre dans une spirale lugubre, je vais m'effacer, laisser tomber, disparaître de cette terre.

Mon plan d'assassinat se précise, mais il se concentre maintenant sur une seule personne, moi-même. J'ai trouvé l'arme du crime, un train. Je vais me jeter sous un train. Ce sera vite fait. Ma mère ne retrouvera pas mon corps ici. Ce ne sera pas pire que le camion aveuglant sur la route. Je commence une lettre à maman et Agnès, pour leur expliquer ma disparition et leur dire que je les aime, ce qui a pour effet de m'emplir les yeux de larmes. Je balance la feuille froissée, elle arrive à côté de la poubelle.

Je claque la porte, je marche dans la nuit. J'ai trouvé une bombe ! Elle est dans ma poche. Il n'y a quasiment personne dehors. Des ombres passent, vite avalées par l'ombre. J'attends l'immobilité complète, la rue silencieuse. Je tague sur le mur de son immeuble, Nathan Malevant est un salaud ! Je rentre, un peu calmée, avec quelques traces rouges sur les mains.

Il me convoque dans un café pourri. Il m'explique que c'est
fini entre nous. Son discours est sobre, son message très clair.
Je comprends. Il ne veut pas s'engager. Il est trop jeune pour
ça. Il n'est pas vraiment amoureux de moi. Je rentre chez moi,
assommée. C'est fini. Ça a marché, je l'ai tué. Il est mort.
Mort et enterré. Je ne dis rien à ma mère. Je ne suis plus tellement là.

À chaque fois que mon téléphone sonne, je me précipite, mais c'est Claire ou quelqu'un d'autre, jamais Nathan.
J'oubliais, il est mort. Mort et enterré.

C'est ma vie qui vacille. Le jour n'a plus de contours. La nuit
n'a pas de fin. Je ne dors presque pas et ça vaut mieux, car
sinon, je fais d'horribles cauchemars.

Je voulais découvrir qui était cette Marie, la rencontrer,
la harceler ou peut-être la séduire pour qu'elle renonce à
Nathan. Désormais, tout cela ne servirait plus à rien. C'est lui
qui ne veut plus de moi, lui qui a pris une décision radicale.

J'apprends par Claire qu'il avait retrouvé cette fille depuis deux mois. Deux mois ! Je n'ai été inquiète que ces derniers jours. Avant, si un léger doute me traversait, les mots de Nathan me rassuraient. J'avais une totale confiance en sa parole. Le mensonge m'apparaît bien pire que le désir qu'il a pu éprouver. Je me fâche avec Claire :

– Tu aurais pu me prévenir !

– Je ne savais pas quoi faire…

Elle m'énerve avec son air désolé. Elle m'a menti, il m'a menti, tout le monde me ment. Je ne crois plus personne. Tous les mots deviennent faux et piégés. Aucune parole ne tient, les belles promesses de Nathan ne valaient rien, ni l'amitié de Claire, ni la protection de ma sœur, ni l'attachement de ma mère. L'amour n'existe pas. On m'a toujours menti, depuis le Père Noël. On m'a menti avec les contes de fées, avec les films. On m'a menti avec de grandes déclarations, des paroles fausses, des encouragements et des espoirs d'avenir meilleur. Tout cela n'est que du théâtre. Rien n'est sûr. Le sol ne pourra plus jamais être aussi ferme qu'avant. Quand on a cru quelqu'un et qu'on ne peut plus le croire, toute la terre tremble. Les répliques se multiplient, aggravant les fissures. Ce qui semble encore tenir en équilibre risque à tout moment de s'effondrer.

17

Je n'ai plus aucune nouvelle de lui. J'appelle, je raccroche dès que j'entends le déclic de sa messagerie. Quand mon téléphone sonne, je ne décroche pas. Je sais que ce n'est pas lui. Je l'ai perdu. Pour la première fois de ma vie, je regarde cela en face. Je l'ai perdu. J'affronte ce trou noir, ce vertige. Je l'ai perdu comme j'ai perdu mon père, comme tout se perdra, vraiment, totalement, inéluctablement. Je l'ai perdu. Je ne peux pas le faire revenir. Je ne peux pas l'obliger à m'aimer. C'est son choix. Je n'y peux rien. Il est libre. Il est vivant. Ce n'est pas de ma faute ni de la sienne. C'est l'attraction terrestre, c'est le mouvement des astres. Je laisse Nathan exister, loin de moi, dans son espace, dans sa trajectoire. Je ne l'appellerai plus. C'est fini.

Je l'ai perdu et je l'aime plus que jamais. Je le vois, lui, qui ne ressemble à personne. Je connais ses qualités, son sourire, sa lumière. C'est un déchirement infini… Si je n'accepte pas sa liberté, je deviendrai folle ou je mourrai. Je le laisse vivre sans moi. Je me laisse vivre sans lui. Je ne l'appellerai plus.

18

Agnès saurait peut-être me dire, elle, comment on fait pour oublier quelqu'un ? Ou ma mère ? Si je lui racontais ce qui m'arrive… Elle voit bien que je vais mal, mais je l'évite. Je ne veux pas qu'elle profite d'une faille pour s'y engouffrer et s'incruster dans mon esprit. Elle, elle arrive à vivre seule, et depuis des années.

Ma sœur ne s'est pas laissé enfermer dans un amour exclusif. Sous ses apparences écervelées, Agnès est bien plus raisonnable que moi. Je revois sa façon de se retourner, à chaque fois qu'elle quitte un lieu, légère et soulagée, sa facilité à se délivrer de ses liens d'un mouvement gracieux.

Dès que je peux, je vais faire du jogging. Je cours sur les quais. Le ciel est blanc devant, le quai n'en finit pas, l'eau verte remue tout près. Je cours pour ne pas tomber. Je cours, le passé veut m'avaler ! Je cours, il y a tant à faire sur cette terre ! Vite, et demain sera possible ! J'aurai un amour, un métier, des enfants, une maison, un avenir ! Je cours et je m'épuise.

Le présent m'échappe, je m'asphyxie. Je cours avec un poids. Je le porterai toujours. Il n'y a aucun moyen de le poser.

Les profs n'arrêtent pas de nous mettre la pression pour le bac, pour l'orientation. Je m'en fiche complètement. Maintenant que je ne rejoins plus Nathan, bizarrement ma mère ne surveille plus mes sorties. Je retrouve des copines, je m'étourdis, je bois, mais ça ne suffit pas.

Dès que je m'arrête, je vois que j'ai peur, que ça tremble en moi et que tout est fragile et menacé. Même la planète court à sa perte. Des catastrophes se déclenchent partout. Des tempêtes, des tremblements de terre, des cataclysmes. C'est le chaos et la désolation, les images se bousculent sur les écrans. Ça ne me console pas d'y échapper. J'aimerais mieux être emportée dans le désastre.

J'attends, je trie mes affaires. Je range, je plie mes vêtements. Je fais les choses, une par une. Je fais les choses, je continue. Les souvenirs de Nathan me fauchent toujours par surprise. Et parfois, par ma faute. Aucun ne bruit dans l'immeuble, tout le monde dort. Sur mon ordi, j'écoute *Georgia on my mind*. Mauvaise pioche. Je fonds en larmes. Je suis toujours vivante et ça fait mal. Je suis toujours vivante, je ne le savais pas. Mon cœur se brise et bat encore, incandescent dans la nuit, si vulnérable et si puissant. Moi aussi, j'aime encore les gens que j'ai aimés. J'aime encore et le cœur ne peut jamais, jamais se refermer. Il est trop brûlant, trop humain et trop profond.

Il se laisse traverser, inconnaissable inconsolable. Il s'ouvre à la musique, aux larmes, aux voix de ceux qui sont seuls. Tout revient et c'est sans fin et c'est sans fond… Le miracle de la rencontre, la joie d'être amoureux, tout cela s'est dissous, mais brille encore dans le noir, comme les étoiles mortes. Je le revois toujours, je sais que c'est là, intact, à un endroit secret du temps. Quelques notes de musique le font revenir. *I'm in Georgia*… Je ne suis pas complètement abandonnée puisqu'il y a cette voix qui chante. Même disparue, elle chante pour moi. *Just an old sweet song keeps Georgia on my mind.* C'est juste une vieille chanson. C'est elle qui nous garde et son esprit ne peut s'éteindre. Personne ne m'enlèvera Ray Charles, *oh Georgia.*

19

Où vais-je partir ? Il faut que je m'en aille moi aussi, que je vive ailleurs, que je rencontre d'autres gens, que je me réinvente. Je ne vivrai pas ici l'an prochain, c'est sûr. Je vais me détacher de cette ville, de ces gens, de celle que j'étais ici.

Je sors du dernier cours, lentement, au milieu du flot. Soudain, je le vois, lui. Sa silhouette, son blouson, ses cheveux. Il est debout dans la rue. Qu'est-ce qu'il fait là ? Mon cœur accélère, cogne contre sa cage. Nathan me regarde, les mains dans ses poches. Il avance vers moi, il approche.

– Je viens te chercher, dit-il.

Je ne réponds pas, nous faisons quelques pas sous les arbres. Sa voix me parvient.

– Avec Marie, c'est fini, vraiment fini. J'avais envie de rester libre, mais j'ai beaucoup réfléchi à cela, ce n'est pas ce que je veux vraiment. Je veux continuer avec toi. Tu as toujours peur de ne pas compter, mais c'est faux, tu comptes énormément. Tu n'as pas besoin d'avoir peur. Avec moi, tu peux exister. Je te fais confiance. C'est toi qui m'intéresses, ta vie, tes pensées, tes façons d'être. Tu vois, je viens vers toi, je ne me protège pas… C'est toi que j'aime, Charlène. Pour moi, c'est fort, c'est vivant. J'espère que ça n'a pas disparu pour toi. Je te cherche Charlène, tout le temps.

Je ne rentre pas à la maison. Je monte avec lui dans son studio. Je vais y passer toute la nuit. Toute la vie peut-être. Allongée contre lui, je retrouve, inespérés, le creux de son épaule, la douceur de sa peau, la chaleur de son corps, le murmure de nos voix dans l'ombre. Il a choisi, il m'a choisie. Les mots sortent de moi, se déroulent, comme ça ne m'était jamais arrivé, je m'étonne de parler, de prononcer des phrases que je découvre quand elles sortent de ma bouche. J'étais une petite muette, une enfant exacerbée. Je découvre le courant chaud qui peut naître des paroles. Je raconte notre histoire, je la fais exister :

– Au début, je ne te supportais pas…

– Ah bon ! fait Nathan sincèrement étonné, je ne m'en étais pas aperçu.

– La première fois que je t'ai vu, je t'ai trouvé, je ne sais pas… énervant, dérangeant.

– Et maintenant ?

– Maintenant encore… mais j'adore tes mains !

Longues et fines, fortes et douces. Au début, j'avais peur qu'il les pose sur moi, maintenant je ne peux plus m'en passer.

La nuit est mon royaume, le sexe ma vraie nature. Je suis née pour me perdre, pour tout oublier. Je touche la peau de ce garçon, j'écoute les mots de ce garçon.

– Alors, pourquoi tu t'es intéressée à moi ?

– Dans la voiture, je t'ai vu autrement. Tu parlais, tu n'avais pas peur de parler. Tu étais à moitié orphelin, comme moi…

– Moi, je n'ai pas fait attention à toi, le matin. C'est dans la forêt que je t'ai remarquée. Je me suis dit qu'il fallait compter avec toi. Tu étais une fille en couleurs.

– C'est la première fois qu'on me dit ça ! C'est quoi, une fille en couleurs ?

– Comment dire ? Ça me rappelle les papiers de bonbons. Quand j'étais petit, j'en avais souvent au fond de ma poche. Tout froissés, ils n'avaient l'air de rien, mais quand je les jetais dans le soleil, ils ressemblaient à des papillons, joyeux, scintillants. Toi, tu es comme ça.

– Très joli !

– Tu crois toujours que je ne te vois pas ou que je ne perçois que deux nuances de toi sur dix, mais c'est faux.

Sa voix me réchauffe, me détend, je me laisse bercer. Je reprends notre histoire. C'est tellement bien d'avoir une histoire !

– Après nos premières rencontres, tu as pensé qu'il valait mieux te reprendre. Tu ne m'appelais plus. Tu oubliais même comment je m'appelais. Tu es un grand distrait !

– Maintenant, dit-il en souriant, maintenant je suis là.

Maintenant, il est nu. Il ne s'enfuit plus, il ne parle même plus de partir. Maintenant, je n'ai plus cette terreur de perdre le seul être que je puisse aimer. Maintenant, il murmure mon prénom. Charlène. Il le crée pour lui tout seul, il me le donne, il le fait naître à cet instant.

20

On fête nos retrouvailles dans un endroit qu'il me fait
découvrir. Un bar très *select*. Il commande du champagne.
Je n'en ai jamais bu. Ma mère a toujours appelé champagne le
mousseux. Nathan appelle champagne le champagne. Même
quand il n'a pas d'argent, il le dépense. À la maison, c'est le
contraire, si on en a, on s'interdit de le laisser filer. Je change
d'univers avec lui. Il est plus désinvolte que moi. Il desserre
la voix critique qui m'étouffe. Il amène de l'air. Il a grandi
dans un jardin. Il a un père, un peu encombrant même. Très
exigeant, d'après Nathan, et plus sombre depuis qu'il est veuf.
Cet homme, paraît-il, collectionne les oiseaux. On les trouve
dans une des pièces de la maison, perchés sur des branches,
posés sur le bord de la fenêtre, installés dans un nid, accrochés
au plafond, suspendus en plein essor, tous empaillés. Il a des
frères, que j'aimerais bien connaître, eux qui savent s'échapper, inventer des choses auxquelles personne n'a pensé. Il a
des amis, beaucoup d'amis. Il est toujours au milieu des gens, il

aime ça. Il ne se sent pas envahi par les autres, il n'a pas envie d'avoir la paix, loin d'eux. Il reprend des forces à leur contact.

Je trinque avec lui. Le champagne pétille jusque sur mes lèvres, c'est fin et léger, on le sent à peine. On paye si cher un vin qu'on sent à peine. Le sol est couvert de tapis et les murs de miroirs. Ouate et tenue stricte des serveurs, usages précis, millimétrés. Les gens parlent doucement, c'est juste une rumeur. Les lampes se reflètent et se multiplient, comme dans un palais des Mille et Une Nuits. J'avale des gorgées d'or scintillant. Je ris, je raconte ma vie. Il raconte la sienne et l'histoire de Marie. Un peu. Suffisamment pour que je comprenne qu'il a tourné la page, que le roman est terminé. À la table d'à côté, j'aperçois une jolie brune qui ressemble à la petite madone, mais non, je me trompe, c'est une autre. J'essaie d'oublier qu'il y a tant de filles dans le monde. Je me ressers. Je n'aimerais pas que Nathan ne plaise à personne. Je n'aimerais pas qu'il plaise trop. Je bois une nouvelle gorgée. Il me dit qu'il aime cet endroit, qu'il aime être avec moi. Je vois son sourire, son vrai sourire, celui qui l'éclaire et qui me veut du bien. Il pose sa main sur la mienne et sa chaleur est si apaisante et si vivante que j'ai la sensation d'arriver chez moi.

21

Je prépare ma mère à rencontrer Nathan. Ce n'est pas gagné.

– Un étudiant ! Plus vieux que toi ! C'est n'importe quoi !
Tu fais attention au moins ? Tu ne vas pas te retrouver enceinte
à dix-sept ans ?

– Mais non !

– Et tu me dis que son père a une entreprise. De quoi ?

– De conserves.

– Mouais… Ne te laisse pas éblouir, prendre aux beaux
discours, à l'argent, au vernis… Bon, je suis quand même
contente pour toi, ça va te requinquer ! Je m'inquiétais vraiment ces derniers temps… Tu me le présenteras, ce Nathan.
Attention, je ne veux pas trop m'attacher ! Tu comprends, avec
Agnès, j'ai eu des regrets, des affections perdues ! François par
exemple, c'était mon préféré, un garçon prévenant et tout. Et
bien, comme les autres, il n'a pas duré plus longtemps qu'un
feu de paille ! Alors pour toi, j'espère que ce sera différent.
Agnès, c'est vraiment la flamme avec la paille…

– Ce sont les hommes que tu traites de paille ? C'est pas flatteur ! Mon père aussi, c'était de la paille ?

Je n'ai pas pu m'en empêcher. C'est un sujet qu'on n'aborde jamais. Ma mère a toujours éludé les questions au point que j'ai profondément intégré qu'il était inutile d'en poser.

– Agnès m'a toujours inquiétée. Elle est tellement instable, et où est-elle maintenant ?

– Maman, je ne parlais pas de ça ! Mon père, il était comment ?

Elle arrête de manger, pose ses couverts, s'essuie la bouche. Cette fois, j'insiste.

– Réponds…

– Il faut qu'on se dépêche, sinon je vais rater le début du film.

– Il était comment, mon père ?

Je m'attends à ce qu'elle se fâche, mais à mon grand étonnement, elle me regarde calmement.

– Ton père, il était dur, autoritaire. Et impatient.

– Rien que ça !

– Avec lui, les choses changeaient vite. Il fallait suivre. Un homme pas facile, mais je l'aimais, tu ne peux pas savoir… Il était beau, fier, il avait de l'énergie, de la force, c'était impossible de lui résister.

– Vraiment ?

J'ai du mal à l'imaginer, elle, ne pas décider de tout.

– Je ne me suis pas laissée abattre quand il est parti. Ça aurait pu pourtant…

Sa voix s'étrangle. Je réalise qu'elle était toute jeune à l'époque, à peine plus âgée qu'Agnès, enceinte de sa deuxième fille et sans le soutien de personne. Elle poursuit comme si elle était pressée de parler maintenant :

– Je l'aimais, je n'ai jamais aimé personne comme lui. Mes parents n'ont pas supporté que j'aille vivre avec lui, tu le sais ça. On n'était pas mariés, à l'époque, c'était pas comme aujourd'hui… Ils se méfiaient de cet homme. Ils n'ont pas cherché à me revoir, ils attendaient que je fasse le premier pas. Ils n'ont même pas su qu'il était parti et que je vous élevais seule. Tu avais deux ou trois ans quand je t'ai amenée chez eux, tu t'en souviens ?

– Non.

– Mon père est mort six mois après. L'année suivante, c'était le tour de ma mère. Les deuils quand ça commence… Mais maintenant, c'est de l'histoire ancienne.

– Ils te manquent ?

– Tu sais, je vois les choses d'une certaine hauteur, c'est mon métier qui veut ça. Tous les jours, j'observe la rue avec les piétons qui ne regardent pas où ils vont, les vélos qui déboulent, les voitures qui calent ou qui passent en trombe, c'est le monde en résumé. Tout part dans tous les sens, et il faut garder le cap quand même. Je ne suis pas toute seule, j'ai ma cargaison de voyageurs… J'en vois des gens… Les petits jeunes, les mamies qu'arrivent pas à grimper, les types qui crachent au fond du bus, les alcoolos, les mères avec leurs mômes, les gens qui vont bosser, tous, ils en bavent ! Tous ils rêvent d'une autre vie ! La souffrance, y'a pas que moi qui la connaît… Mais elle passe, elle est pas là tout le temps. Y'a des bouchons et puis le soir arrive, tout coule. Quand je roule à 8 heures du matin, au mois d'août, y'a personne. Le bus est vide, la rue est vide, on circule, c'est fluide. Faut pas s'accrocher aux gens quand ils vous veulent plus… Dans le fond, Agnès a raison, quand c'est fini, c'est fini. Moi, j'ai attendu ton père si longtemps…

– Il n'a jamais donné de nouvelles ?

– Jamais. Et ce que je ne comprends toujours pas, c'est pourquoi il n'a jamais pris de nouvelles de ses filles…

– Il ne voulait pas de moi.

– Non, c'est vrai… C'est bizarre que tu m'en parles, je croyais que tu ne le supportais pas… Tu ne voulais jamais entendre parler de lui, c'était impossible de prononcer son nom. Il ne voulait pas d'un deuxième enfant, ça m'a fait mal… Il n'avait plus de boulot et ça le démangeait d'aller voir ailleurs, dans d'autres pays. On s'entendait plus aussi bien qu'au début, mais il aimait Agnès, il t'aurait aimée aussi. Il voulait partir devant, voir ce qui était possible en Afrique et revenir nous chercher. Il espérait faire des affaires, vendre des voitures et des pièces mécaniques. J'étais sûre qu'il reviendrait, qu'il trouverait de l'argent pour nous.

Je ne sais pas quel maléfice nous empêchait d'en parler. Il a fallu que ma mère attende le moment où un homme entre dans ma vie. Où est-ce moi que la colère étouffait ?

– Tu n'as pas fait de démarches pour demander une pension alimentaire, un soutien financier ?

– Si ! Mais là-bas, ça n'a pas suivi… J'ai travaillé dur et comme je l'attendais ! Des années ça a duré ! Alors, ton Nathan, j'espère que ce n'est pas le genre à se barrer.

Je ne réponds rien, elle relance :

– Lui, c'est le genre à quoi ?

– Comment veux-tu que je te le dise ?

– Tu le connais quand même !

– Il a les pieds sur terre…

Une qualité qu'elle peut comprendre.

– Il t'aime au moins ?

– Oui, il m'a choisie.

Il m'a choisie, c'en est même incroyable ! Il m'a choisie même si ma mère se méfie. Elle voit le monde selon son prisme et pour elle, les hommes tôt ou tard vous trahissent. Pour moi, Nathan est un ovni. Une révolution. Je mesure pour la première fois à quel point je suis différente d'elle.

22

J'ai changé. Nathan m'a changée. C'est peut-être ce qu'il pouvait me faire de mieux. Et je l'ai changé aussi. Il ne s'est pas rien passé. Nous ne sommes pas restés ceux que nous étions avant, comme si on ne s'était jamais rencontrés, comme si rien n'avait eu lieu.

Il est venu me chercher, il n'a pas voulu me perdre. Il accepte qu'on soit ensemble et que les autres le sachent. Il est là désormais, près de moi, et sa présence me porte, sa chaleur circule en moi comme un feu doux. Je ne suis plus seule. Même quand il discute avec d'autres, que je ne le vois pas, même quand il n'est plus là, il reste mon axe invisible. Quand je rencontre des gens nouveaux, sa confiance me donne une force que personne ne peut m'enlever. Ses amis deviennent les miens, nos vies se mêlent. Je commence à oublier comment c'était sans lui.

Il vient chez moi, il connaît ma mère. Il regarde mes dessins et mes aquarelles. Cela me donne envie de continuer. Son regard réveille les idées. Je ressors mes pigments. La mobilité de l'eau sur le papier me surprend toujours. Je peins un arbre emporté, un arbre d'un bleu sombre, intense, profond, qui perd ses limites dans le ciel nocturne. L'espace se dilue, seulement troué par deux éclats blancs, fragments célestes, étoiles brisées que le pinceau n'a pas touchées.

Nous n'avons pas d'autres nouvelles des voyageurs. Leur dernier signe venait d'Istanbul où ils sont restés un moment. Ils aimaient l'énergie de la ville. Ils dormaient toujours dans leur camion, vivant de je ne sais quoi, peut-être du reste de l'argent gagné en Italie. J'ai collé au-dessus de mon bureau la carte de la Mosquée Sainte-Sophie, ses minarets s'élancent dans un ciel très bleu. J'essaie d'imaginer le pont sur le Bosphore, les pêcheurs, les poissons grillés, les marchés, les épices, l'animation permanente, les chats partout, les taxis jaunes, les muezzins qui se répondent, les bijoux du harem et les parfums de l'Orient. Depuis, ils ont dû repartir ailleurs.

Agnès profite peut-être de sa dernière chance de pouvoir se perdre… Bientôt, nous serons transparents. On ne pourra plus se cacher nulle part. Ce sera facile de nous suivre à la trace. Cela a déjà commencé, mais cela va s'accentuer. Tout se saura grâce à nos téléphones, aux clics sur internet, aux cartes de crédit, aux caméras, aux outils de reconnaissances rétiniennes, digitales ou vocales. On pourra repérer où nous allons, ce que nous mangeons, ce que nous achetons, qui sont nos amis, nos ennemis, où se trouve notre famille, quelles sont nos opinions, nos attirances, nos répulsions. On connaîtra nos points forts et nos points faibles, ce sera facile de faire pression sur nous. On nous demandera d'acheter ceci plutôt que cela, d'aller ici plutôt que là. On nous demandera d'obéir. De plus en plus et pour notre sécurité, soi-disant. Ce sera facile de nous faire peur. Dans ce monde sous contrôle, chacun rentrera dans le rang et s'imaginera qu'il sera tranquille, à l'abri s'il fait ce qu'on lui demande. Rien n'est moins sûr. Est-ce que je pourrai résister ?

Tant que c'est possible, j'essaie de réinventer le mystère et l'ombre, les mouvements de l'encre sur la feuille, les formes vivantes qui naissent de l'obscur.

23

Maman a rencontré quelqu'un. J'ai du mal à le croire. J'étais tellement habituée à la voir se débrouiller seule et à ne compter que sur elle-même. Elle le connaît depuis un moment déjà et m'annonce la chose avec précaution, comme si la nouvelle pouvait me perturber, en cachant mal son émotion. Elle m'apparaît, tout à coup enfantine, tellement différente de celle que je connaissais. Elle qui ne craignait personne, elle que je croyais géante et prête à m'étouffer, me semble maintenant plus petite et plus désarmée.

Elle veut fêter l'événement. Ce soir, elle invite à dîner le fameux Jacob, un grand noir qui vend des aspirateurs. Elle s'affaire dans la cuisine, je ne l'ai jamais vue préparer un repas comme ça !

– C'est un ministre qu'on reçoit ?

– Non, un gourmand.

Elle verse une grosse cuillerée de curry sur le poulet et râpe un bon morceau de gingembre. Elle en rajoute, elle ne fait pas de plats épicés d'habitude.

– Tu n'as pas suivi mon père en Afrique, et maintenant tu invites l'Afrique chez nous !

– Ne sois pas acide ! Ça n'a rien à voir avec ton père ! J'ai rencontré Jacob par hasard. Il m'a fait la conversation, ça ne m'était pas arrivé depuis longtemps, une conversation comme ça... Il prenait le bus tôt le matin, quand y avait pas grand monde encore, et il me parlait.

– De quoi ?

– De la vie, de l'amour.

– Rien que ça !

– Ben oui ! Y'a pas que les diplômés pour parler de ces choses-là. Toi, tu joues la fière avec ton étudiant.

– Pas du tout ! Tu ne vas pas te mettre à dire du mal de Nathan maintenant !

– Mais non ! J'aime bien Nathan, il est très bien. Jacob aussi, c'est tout ! Comment te dire ? Jacob... Il est plein d'énergie, de poésie. Et puis, il a trente-neuf ans, je n'aurais jamais pensé rencontrer un type aussi jeune ! Tu te rends compte ? Il me rend ma jeunesse ! Il me réveille !

Elle qui a passé tout son temps à me dire que les hommes ne valaient pas le coup ! Le mois dernier, elle soutenait encore qu'ils étaient tous pareils. Je crois pourtant qu'elle a fait quelques rencontres ces dernières années, mais elle n'amenait jamais personne ici.

– Je n'en reviens pas de t'entendre parler comme ça !

– Rester seule, ce n'est pas bon finalement… On parle à son miroir, on fait le monde à sa façon, on décide de tout… Ce n'est pas pareil avec quelqu'un qui prend de la place, qui n'est pas d'accord, qui vous fait bouger.

– Vous allez vivre ensemble ?

Ça m'inquiète tout à coup.

– Mais non, on ne se connaît pas depuis longtemps.

Pas rassurant quand même… Elle goûte la sauce et s'écrie, qu'au fait, ce soir il y aura aussi les enfants de Jacob.

– Il a des enfants, première nouvelle !

– Je ne te l'avais pas encore dit ? Il en a trois.

Je dois pâlir, car elle précise :

– T'en fais pas, ils ne vont pas habiter ici, eux non plus !

24

Nathan craque une allumette, l'approche de sa cigarette et la flamme éclaire son visage.

– C'est la dernière !

Ça doit bien être sa trentième dernière en une semaine. Il s'entraîne à arrêter de fumer. Il progresse dans la compréhension de la dépendance.

– Je te préviens, je ne suis pas prête à supporter encore une fois ta mauvaise humeur ! Surtout pour un résultat aussi peu convaincant !

Au début, j'ai fait preuve de patience, mais l'épreuve se répétant, ma vraie nature se révèle, intolérante.

– On ne peut pas s'arrêter de fumer en une seule fois ! Mon père me harcèle déjà, tu ne vas pas t'y mettre toi aussi !

– Mon pauvre, ton père te harcèle…

Je me détourne, ironique et sans pitié pour ceux qui ne savent pas la chance qu'ils ont d'avoir un père.

– Tu ne te rends pas compte ! Il est pénible ! Il ne me trouve jamais à la hauteur, rien n'est jamais assez bien pour lui ! Il se met en fureur pour des broutilles. Quand j'étais petit, ça me tétanisait…

– Tu lui ressembles parfois…

– C'est vrai ? me demande Nathan avec un air inquiet soudain.

– Oui, ça arrive…

Il a l'air de réfléchir. Je suis surprise qu'il n'ait pas déjà commencé à s'énerver.

– C'est décourageant de refaire ce qu'on a détesté…

Touchée par cet aveu, je m'écrie :

– Mais tu es bien moins pire que lui !

– Oui, ça, c'est sûr ! Tu as de la chance ! J'en ai bavé avec lui quand même ! J'ai du mérite à être si cool !

Je regrette que sa prise de conscience soit de si courte durée. Il écrase sa cigarette à peine entamée. Il marche comme s'il déplaçait un orage. Mieux vaut trouver un autre sujet que le tabac et la famille.

– Tu as des nouvelles de Claire ?

– Oui. Elle n'a pas eu son concours du conservatoire et elle a quitté son copain. Elle n'a pas le moral… Elle veut quand même repasser le concours l'an prochain.

Je regarde mes chaussures, je ne sais même plus pourquoi je me suis fâchée avec elle. Nous avançons sur le quai où j'allais courir seule.

– Nathan, je me demande ce que je pourrais faire comme métier. J'en ai marre des études, j'ai envie de travailler, de changer d'air. J'ai besoin de quelque chose de neuf !

J'aime assez quand il me regarde ainsi, comme s'il craignait soudain que je ne le trouve plus assez neuf, lui aussi.

– Tu ne vas pas tout laisser tomber maintenant. Tu as une place en fac. Ça te laisse le temps de voir venir.

– L'histoire, ce n'est pas trop mon truc…

– Tu sais, moi non plus, ça ne me passionne pas plus que ça.

– Ah bon ? Mais je croyais…

– Enfin, si, j'aime bien, mais je ne me vois pas prof.

– Quoi alors ?

– Je ne sais pas… Peut-être reprendre la boîte de mon père…

Il en fait une tête ! Longue comme un jour sans pain, dirait maman.

– Tu veux devenir gardien de musée ?

– Non… c'est vrai, j'étoufferais. Je vais trouver autre chose.

– Je l'espère… mais ça ne répond pas à ma question, qu'est-ce que je pourrais faire, moi ?

Devant nous, des jeunes descendent les marches en roller. Nathan siffle d'admiration, on dirait qu'il meurt d'envie de les suivre. À son tour, il dévale l'escalier en sautant les marches. Quand je le rejoins, il reprend :

– En plus, la boîte, de mon père, elle ne va pas bien… Ce ne serait pas un bon plan. J'espère que tu ne t'imagines pas que je vais hériter d'une fortune, c'est mal parti !

– Tu me fais rire ! Tu auras plus de mal à te passer de ton confort que moi !

Il le faudra bien pourtant, si un jour, on part avec une roulotte !

25

J'ai fait un cauchemar : Agnès décidait de filer jusqu'en Inde et de vivre le reste de ses jours dans un Ashram. Elle récitait des incantations et ne se souvenait même plus de nos noms. Je repousse les draps et je vais jeter à la poubelle le flacon de patchouli qu'elle m'avait offert quand elle préparait son voyage. Elle voulait que je garde le secret, que je ne parle à personne de son départ. J'ai aussi envie de balancer le tee-shirt qu'elle m'a laissé, le noir avec une broderie argentée. Je ne l'ai jamais porté. Si ça se trouve, elle non plus ne le portera plus jamais… Je ne veux plus le voir. J'hésite, mais finalement, je le cache tout au fond de l'armoire.

Le téléphone sonne. Qui peut appeler, sur le fixe, à cette heure ? Je me précipite avec toujours le même espoir :

– Agnès ?

– Oui ! Charlène ?

C'est elle, c'est elle !

– Où es-tu ?

– En Bulgarie, je suis malade…

– Qu'est-ce que tu as ?

– Oh, rien de grave, mais ça traîne ! J'ai un peu de fièvre, une sorte de grippe, de gastro, je sais pas trop… Et puis… on n'a plus de camion, on doit rentrer.

– Super !

Grand silence.

– Tu parles… dit-elle d'un ton amer. C'est pas la joie. On a eu une panne de moteur, impossible à réparer. On a essayé de revendre la carcasse du camion, mais personne n'en a voulu. C'était une véritable épave et on a dû le laisser au bord de la route… Vassak voulait à tout prix aller en Arménie, faire des affaires avec ses cousins. On a continué, en bus, en train, en carriole… mais là on ne peut plus… On n'a plus un sou. On galère, si tu savais…

Sa façon de découper les mots, sa voix un peu rauque la ramène tout entière. C'est comme si elle était là, sa présence réchauffe la pièce. Dès que maman arrive, je lui raconte la nouvelle. J'ai un large sourire, mais pas elle :

– Comment vont-ils rentrer ?

– En stop.

– N'importe quoi ! Il y a un numéro où la rappeler ? Un endroit où lui envoyer de l'argent, un mandat ?

– Non, elle n'a rien demandé…

– Eh bien, qu'elle vive comme une vagabonde, si c'est ce qu'elle veut !

Elle repousse la chaise, dans un geste de colère, d'inquiétude et d'impuissance. Soudain, le doute s'insinue dans mon enthousiasme de voir Agnès rentrer. Quelque chose a changé. Elle ne va pas revenir vivre avec nous. Elle va peut-être s'installer dans une caravane, sur un terrain de camping, avec le garçon à l'harmonica, ce garçon qui n'a qu'une main. De toute façon, Agnès ne sera plus la même. Moi non plus. Rose non plus. On ne retrouvera pas notre famille d'avant, je ne reviendrai plus jamais dans mon enfance.

– Maman, j'ai trouvé ce que je veux faire.

– Dis toujours…

– Je vais chercher une formation de graphiste.

– Bon. Si c'est ce que tu veux…

Quelques jours plus tard, je me réveille très tôt pour un dimanche. Il fait nuit encore. Tout est silencieux. Je ne vois rien dehors, la pièce paraît plus petite, étouffante, refermée par ces vitres noires. Sur mon ordi, je trouve ce message :

« Petite sœur, j'espère que tu vas bien, mais je ne vais pas repasser à la maison finalement. Je pars en Australie ! Je vais beaucoup mieux et j'ai décidé d'y aller seule. Un nouveau continent, ça me plaît ! J'ai réussi à me payer l'avion et j'ai des adresses là-bas. Vassak rentre en France, il te racontera. J'espère que tu me comprendras. Je respire, je saute par-dessus les océans, je pars. Je lâche tout le passé, je laisse derrière moi tout ce que j'avais et je m'élance, je commence, je prends tout ce qui vient, c'est ma vie.

Bonne route à toi !

Je t'embrasse.

Agnès »

J'ouvre la fenêtre. Du fond du silence surgit le premier cri d'oiseau. Je choisis mon pinceau. Je vais dessiner le jour à venir. Tout en composant mes couleurs, des pensées me traversent. J'ai quand même eu peur pour Agnès… très peur, un froid glacial qui reste encore, comme si elle était passée tout près de la mort. Et maintenant, personne ne sait quand elle va revenir, ce qu'elle va devenir. Ces derniers temps, j'étais tendue, irritable. Le silence de ma sœur, l'irruption de Jacob, trop d'émotions. J'ai provoqué Nathan, j'ai défié son attachement, sa patience, sa résistance. Je l'ai poussé à me quitter et quand il ne partait pas, qu'il parvenait à me rassurer, c'était un tel soulagement que je m'effondrais dans ses bras. Il est resté tranquille, il a été patient. Cela m'a paru normal. Qu'ai-je fait d'autre, toute ma vie, que d'attendre l'air et l'eau d'un seul être, plus attentive à ce qu'il devait me donner qu'à ce que je pouvais lui offrir ? Désormais, je peins. J'oublie l'avenir. Le papier accueille l'encre et le matin. Cet instant n'aura plus jamais lieu. L'ombre s'amasse sur le sol, mais plus haut, le ciel s'éclaircit. Pour dessiner l'aurore, il faudrait une toile en mouvement, un pinceau vivant. La nuit se dilue lentement, remplacée par une eau bleue, une lumière, une lente coulée d'or. Alors, se révèle le don incroyable du jour, plus profond et plus vaste que ce que je croyais possible.

IMPRESSION : BOOKS ON DEMAND, GMBH

NORDERSTEDT, ALLEMAGNE

DÉPÔT LÉGAL : AVRIL 2014